KB044440

제13회
소월시문학상 작품집

문학사상사

시정신의 균형과 조화를 이룬 수작
제13회 소월시문학상 대상 선정 이유서

문학사상사가 주관하는 1999년도 제13회 소월시문학상의 수상작으로 시인 안도현 씨의 작품 〈고래를 기다리며〉 외 7편을 선정한다.

안도현 씨는 진솔한 언어와 실감의 정서를 바탕으로 한국인의 전통적인 서정의 세계를 노래해 온 시인이다. 이번 소월시문학상의 대상 수상작으로 선정된 작품들은 일상적인 언어를 정감 있게 구사하면서 다양한 정서의 충동에 균형을 부여하고 있다. 이 시인이 보여 주고 있는 대상에 대한 진지한 인식 방법이 시 정신의 균형과 조화를 가능하게 하고 있다는 점이 특히 주목된다.

소월시문학상의 영예를 안게 된 안도현 씨에게 다시 한 번 축하드린다.

1998년 4월
소월시문학상 선고위원회
조병화 · 이어령 · 송수권 · 김재홍 · 권영민

진솔한 언어와 실감의 정서

권 영 민(權寧珉)

이번 소월시문학상의 본심에서 내가 주목한 시인은 고재종, 안도현, 김정란 등이다. 이 세 사람의 시인은 예심 과정에서도 많은 추천위원들이 금년도 소월시문학상의 대상 후보자로 지목한 바 있다. 작품 활동도 가장 활발하고, 시적 성과도 상당한 평가를 받고 있다.

고재종의 작품들은 이른바 토속적인 정서를 짙게 드러내고 있다. 지난해에 소월시문학상을 수상한 김용택 시인의 경우와 마찬가지로 대상으로서의 자연을 삶의 한복판으로 끌어들여 시적으로 형상화하고 있다. 어떤 면에서는 김용택 시인의 경우보다 가락이 섬세하게 느껴지기도 한다. 그러나 시적 대상에 대한 인식의 방법과 그 형상화 과정 자체가 거의 유사한 패턴으로 각각의 작품들에 고정되어 있다는 점이 마음에 걸렸다.

김정란의 경우는 최근 자유분방한 상상력이 어떤 시적 지향성을 분명하게 드러내기 시작했다는 점이 주목된다. 파격적인 언어 실험보다는 대상에 대한 인식의 깊이를 드러내고 있다. 그만큼 시적 정서의 무게가 느껴지는 것이다. 섬뜩할 정도로 날카롭던 조사법의 충격 대신에 이 시인의 시에서 발견할 수 있는 것이 생의 무게라면, 그것을 어떻게 정제시켜 나아갈 것인지가 여전히 시인의 몫으로 남게 된다.

안도현의 시에는 다양한 정서의 충동이 내재되어 있다. 비교적 평이한 시적 진술을 활용하면서도 충동적인 정서에 균형을 부여하는 것은 시적 상상력의 진폭이 매우 포괄적이기 때문이다.

진솔한 언어를 통해 빚어 내는 실감의 정서야말로 안도현의 시에서 느낄 수 있는 가장 깊은 시적 감동이다. 물론 어떤 작품들은 안이하게 시적 대상을 자신의 정서 안에 가두고 있는 경우도 있다. 안도현의 작품들이 전반적으로 시적 정서의 균형을 드러내고 있으며, 시적 언어에 대한 진지한 성찰이 돋보인다는 점은 하나의 중요한 시적 성취에 해당한다는 점을 강조해 두고 싶다.

소월시문학상 대상의 영예를 안게 된 안도현 씨의 〈고래를 기다리며〉를 비롯해서, 우수작으로 추천된 고재종, 김정란, 나태주, 나희덕, 박정대 그리고 이문재 씨의 작품들은 지난해를 빛낸 탁월한 시적 성과라는 점에서 다시 한 번 박수를 보내고자 한다.

시적 안정성과 긴장력

김 재 홍(金載弘)

각계의 의견 수렴과 예심 과정을 통해 본심에 올라온 시인은 고재종 등 열네 분의 작품이었다. 한 편 한 편을 읽으면서 이들 시인 가운데 누가 수상시인으로 선정돼도 괜찮으리라 여겨질 만큼 작품들이 수준을 이루고 있었다. 그러나 수상시인은 어차피 한 사람뿐인 것을.

나는 고재종, 안도현 등의 작품들에 특히 주목하였다. 이들보다 나태주, 이시영, 최승호 등 연륜이 더 오래고 작품이 원숙한 경우도 있었지만 소월시문학상은 좀더 새로운 세대가 수상하는 것이 바람직하다고 생각됐기 때문이다.

고재종 시인은 지난해 들어 작품 활동이 특히 왕성하였고 작품 수준 또한 고르고 깊이가 있어서 좋았으며, 지역에 머물러 끈질기게 자기 세계를 추구하고 있는 것이 격려할 만하다고 생각했다. 또한 안도현 시인은 내용성과 표현성이 섬세한 긴장력을 형성하면서 시적 진정성을 이끌어

내는 솜씨가 일품으로 판단됐다.

여러 심사위원들의 견해도 대체로 비슷한 경향을 지녔다. 그런 가운데 고재종 시인은 올해 처음 추천된 시인이라는 점에서 이견이 제시되기도 하였다. 이런 점에서 안도현 시인의 보다 안정된 시력과 지명도가 상대적으로 높이 평가되었다.

사실 나의 견해로도 고재종이나 안도현과 같이 특별한 직업도 없이 시에 젊음을 걸고 인생을 헌신하는 사람들이 소월의 시세계와도 정신사적 친연성이 있지 않은가 생각하였다. 더구나 지역 사회에 머무르면서 시에 전념하는 일이 얼마나 외롭고 힘든 일인가 짐작해 보면 이런 분들을 격려하는 일이 필요한 것으로 여겨졌다.

수상자로 선정된 안도현 시인은 주로 시 〈모과나무〉 등에서 보이는 한 예처럼 우리가 미처 잊고 있었던 것들에 따뜻한 눈길을 보내면서 생각하지 못했던 것들을 섬세하면서도 힘차게 포착해 내는 정신의 힘과 눈이 돋보인다.

생명사랑의 정신이랄까, 주변의 잊혀진 것들에 대한 따뜻한 사랑의 마음을 드러내는 가운데 서정적인 형상성을 긴장감 있게 표현해 냄으로써 시적 진정성을 획득해 가는 모습이 상찬할 만하다고 하겠다. 다만 최근에 그가 베스트셀러류의 작가로 급격히 떠올라서 그의 절망의 힘, 외로움의 힘이 감쇄되어 시세계가 관습화하면 어쩔까 하는 우려가 없지 않다. 기우이길 바란다. 수상을 축하하며 더욱 각고의 노력 있어 소월보다도 더 우뚝한 진짜 시인으로 대성하길 기원한다.

신아대금의 피리

송 수 권(宋秀權)

처음 참여한 자리라서 나에겐 그만큼 조심스러운 자리일 수밖에 없었다. 예상했던 대로 올라올 수 있는 작품들은 평소 주목하고 있었던 정일근, 이정록을 제외하고는 모두 만났다. 소월시문학상인 만큼 소월시의 변별성이 무엇인가를 다시금 생각해 보지 않을 수 없었다. 첫째는 불귀 정신, 둘째는 근육질의 울음과 저항, 셋째는 민족의 색채와 향토성, 넷째는 언어의 개인 상징과 독특한 음악성, 다섯째는 순도 높은 언어의 직접성과 모국어의 완결성에 의한 90년대의 전범적(典範的)인 시인을 찾는 작업이었다.

나로선 특히 이시영, 안도현, 그리고 고재종으로 연결되는 소월시의 보편성을 제기하지 않을 수 없었다. 한 계열은 소월의 불귀 정신과 저항, 한 계열은 언어의 직접성과 모국어의 완결성에서 변별력을 찾고자 했는데, 안도현과 고재종은 소월시의 일반성인 변별력으로 판단된 때문이다.

결국 고재종은 처음 후보로 올라왔다는 점, 그리고 매번 논의되어 입지적인 자리를 확보한 안도현에게 거의 심사위원들의 지지가 집중되는 가운데 고재종이 활발하게 거론되었으나 안도현에게 영예의 상이 돌아갔다.

이문재의 〈농업박물관 소식〉에서의 처음 보는 진정성의 울음, 송재학의 섬세한 언어 색채 반응, 나희덕의 사물을 보는 경쾌한 순간 터치 등도 새로움으로 남는다. 나태주의 원숙함도 아쉬움으로 남는다.

이제 안도현에게 신아대금(新兒大琴)의 피리가 건네졌다. 크게 한번 불 차례다. 영예를 축하한다.

시적 정서의 균형 감각

이 어 령(李御寧)

　이번 소월시문학상 대상 후보작 가운데에서 나는 안도현 씨의 작품과 남진우 씨의 작품을 특히 주목하였다. 두 시인은 시적 경향이 서로 다르다. 남진우 씨의 경우가 보다 더 지적인 세련성을 보여 준다. 그러나 시적 진술 자체가 지나치게 작위적인 언술로 짜여진 것들이 있다. 그것이 언어 표현의 부자연스러움으로 느껴지는 경우도 있기 때문에 최종 선택에서 아깝게 탈락하고 말았다.

　안도현 씨의 시 작품들은 쉽게 읽힌다는 특징을 지니고 있다. 물론 쉽게 읽힌다는 것이 시적 주제가 단순하다는 뜻은 아니다. 시적 정서의 균형 감각이 살아 있고, 그만큼 일상의 경험이 언어 속에 잘 농축되어 있다는 말이다. 이것은 시 형식과 시 정신의 조화와 통합에서 오는 것이라고 할 수 있다. 이 시인의 시가 쉽게 읽히면서도 정서적 공감을 불러일으키는 것은 바로 이같은 시법의 자기 완성에 기인하는 것이다. 일상의 언어를 정감 있게 다루는 시인의 방법은 소월의 시 정신과도 서로 통하는 바가 있다. 오늘의 시단에서 초월주의적 성향이 일반화되고 있는 경향이 없지 않지만, 안도현 씨와 같이 본격적인 서정주의 시인들이 든든하게 자리하고 있다는 것은 다행한 일이다. 축하를 보낸다.

세련미와 편안함이 있는 시

조 병 화(趙炳華)

이번엔 10여 명의 시인이 추천되어 내 손에 들어왔다. 이 중에서 나는 고재종 시인, 안도현 시인, 남진우 시인을 추렸다. 그리고 그 중에서 고재종 시인을 밀었으나, 여러 가지로 안도현 시인이 좋다고 해서 양보를 했다.

고재종 시인의 시는 문장 조직이 단단하고 지방 향토적인 향기가 짙게 풍겨 나온다. 또 시적 표현이 견고하며, 시적 문장의 흐름에도 무리가 없다. 시의 구성이 치밀하면서, 리얼리티랄까 시적 현실감이 읽는 사람에게 호감을 주고 삶에 대한 친밀감을 준다. 관찰이 예민하면서 그것을 표현하는 데 정확하며 세련되어 있다. 그러면서 우리들의 생활이 잘 전달되어 온다.

반면 안도현 시인의 시에는 시인으로서의 세련미가 있다. 무난하다. 그러면서 편안하며 잘 읽힌다.

그리고 남진우 시인의 시에는 새로운 시대의 맛이 있다.

다소 실험적이어서 표현에 좀 무리가 따르기도 한다. 신선미가 있지만, 좀더 깊은 신선미였으면 한다.

시는 시로서의 품위와 아름다움과 깊은 감동이 있어야 한다고 생각한다. 조작적이거나, 인위적이거나, 멋이 아닌 멋이 끼여들어 있는 표현과 그 은유는 위험하며 시를 망칠 때가 많다. 요즘 이러한 성향이 우리 시를 잘못 이끌고 있다. 정상적이면서 비정상적인 새로운 신선미, 그것이 있어야 한다고 생각한다.

위 세 사람은 장래성이 보장되어 있는 훌륭한 젊은 시인들이라고 생각하며 더욱 건승하시길 빈다.

차 례

대상 수상작

안도현

● 대상 수상시인 자선작

추천 우수작

고재종

박형대

이문재

안 도 현

고래를 기다리며 외

1961년 경북 예천 출생
원광대학교 국문과 졸업
1981년 《대구매일신문》, 1984년 《동아일보》
신춘문예를 통해 등단
시집 《서울로 가는 전봉준》
《모닥불》《그대에게 가고 싶다》
《외롭고 높고 쓸쓸한》《그리운 여우》 등
우화집 《연어》《관계》

고래를 기다리며

고래를 기다리며
나 장생포 바다에 있었지요
누군가 고래는 이제 돌아오지 않는다, 했지요
설혹 돌아온다고 해도 눈에는 보이지 않는다고요,
나는 서러워져서 방파제 끝에 앉아
바다만 바라보았지요
기다리는 것은 오지 않는다는 것을
알면서도 기다리고, 기다리다 지치는 게 삶이라고
알면서도 기다렸지요
고래를 기다리는 동안
해변의 젖꼭지를 빠는 파도를 보았지요
숨을 한 번 내쉴 때마다
어깨를 들썩이는 그 바다가 바로
한 마리 고래일지도 모른다고 생각했지요

봄 소풍

점심 먹을 때였네
누가 내 옆에 슬쩍, 와서 앉았네
할미꽃이었네
내가 내려다보니까
일제히 고개를 수그리네
나한테 말 한 번 걸어 보려 했다네
나, 햇볕 아래 앉아서 김밥을 씹었네
햇볕한테 들킨 게 무안해서
단무지도 우걱우걱 씹었네

제주 자리젓

소금과 육신의 향기에 오래 절여진
제주 자리젓

몸은 뒤틀려 물수건처럼 접혔는데
가만히 보니,
쫑긋 내민 주둥이와
크고 검은 눈은 덜 짓이겨졌구나
입이 쬐께한 것이야 살아서 食貪 적었던 탓이겠고,

그런데 눈은 왜 저렇게 크나?
저 눈으로 바닷속을 다 둘러보았다면
지금, 나 같은 것
眼中에도 없으리

감자 익는 냄새

용택이형네 식구하고 우리 식구하고
감자를 먹으려고
젓가락을 하나씩 손에 들고 둥그렇게 둘러앉아
뜨끈뜨끈한 김이 나는 감자를 한 양푼 앞에 놓고 보니

문득 감자의 어린 시절이 생각나는 것이었다
감자는 먼저,
땅속에서 어떻게든 싹을 틔우려고 무진장 애를 썼을 것
인데
그중에 성질이 급한 놈은 데굴데굴 구르기도 하고
어떤 놈은 통통 튀기도 하면서
이놈의 세상이 왜 이렇게 어둡냐고
답답해서 못 살겠다고 소리를 바락바락 질렀겠지
그러다가 어느 날 제 몸 바깥으로 솜털 같은 것이 빼죽
이 나왔을 테고
깜짝 놀랐겠지, 무슨 큰 병이나 난 게 아닐까 하고
그것이 제가 틔운 싹이라는 것을 비로소 알고 그때부터
는
뭐랄까, 혁명에 대한 예감이랄까
죽자살자 싹을 위로 치켜올렸겠지

아픈 줄도 모르고 땅거죽을 머리로 들이받았을 거야
연초록 잎사귀를 땅 위로 펼칠 때까지 말이야

감자는 뿌리식물이므로
내 상상력은 여기서
연초록 잎사귀를 따라가서는 안 된다고 생각하는데,
감자도 귀해 실컷 못 먹던 시절이 있었다고
용택이형은 아, 참 맛나네, 맛나네 하면서 먹고
형수는 열무김치를 척 얹어서 먹어도 맛있는데, 하고
민세와 민석이는 찍어 먹을 설탕이 모자란다고
마치 감자를 한입 입에 넣은 것처럼
볼따구니가 퉁퉁 부어서 등을 돌리고 앉아 있고
뜬금없이 민해는 고구마가 먹고 싶다, 하고
아내가 설탕 가지러 주방 쪽으로 가는 사이에

나는 또 감자의 성장기를 상상해 보는 것이었다
그래, 연초록 잎사귀를 땅 위로 밀어올린 뒤부터가 문제
야
땅속에서는 실뿌리가 수없이 뻗어나와
흙을 움켜잡기 시작했을 것이고

안도현 29

그 뿌리에 처음에는 유경이 젖꼭지처럼 조그마한 물집
같은 게 생겼겠지
　불에 덴 뒤에 부풀어오르는 것
　물집, 물집이라는 말은 아프다
　흉터가 앉을 자리이기 때문이지
　세상의 허벅지에 누군가 火印을 찍은 자국들,
　감자알들,
　제각기 하나의 동글동글한 세계,
　언젠가 썩어야 한다는 것을 알면서도
　감자는 점점 몸이 부풀어 갔을 거야
　날이 갈수록 주렁주렁 매달리는 기쁨과 슬픔을
　반반씩 키우며 속이 꽉 찬 감자가 되어갈 때
　감자꽃은 하얗게 피었을 테고
　어라, 감자꽃이 피었네, 하며 나는 그곳을 지나쳤겠지

　도현이 너는 감자도 안 먹고 무슨 생각 하냐 또 시 쓰냐
　용택이형이 던지는 우스갯소리를 들으며
　나는 감자에 대해 시를 한 편 써보아야겠다고 생각했다

모과나무

모과나무는 한사코 서서 비를 맞는다
빗물이 어깨를 적시고 팔뚝을 적시고 아랫도리까지
번들거리며 흘러도 피할 생각도 하지 않고
비를 맞는다, 모과나무
저놈이 도대체 왜 저러나?
갈아입을 팬티도 없는 것이 무얼 믿고 저러나?
나는 처마 밑에서 비 그치기를 기다리고 있다가
모과나무, 그가 가늘디가는 가지 끝으로
푸른 모과 몇 개를 움켜쥐고 있는 것을 보았다
끝까지, 바로 그것, 그 푸른 것만 아니었다면
그도 벌써 처마 밑으로 뛰어들어왔을 것이다

이발관 그림을 그리다

지붕이야 새로 이엉을 얹지 않더라도
왼쪽으로 삐딱하게 어깨 기울어진 슬레트면 어떠리

먼 산에 흰 눈 쌓일 때
앞 개울가에 푸른 풀 우북하게 자라는 마을에
나도 내 집 한 채 그려넣을 수 있다면

서울 사는 친구를 기다리며
내가 기르던 까치를 하늘에다 풀어놓고
나 이발관 의자 등받이에 비스듬히 누우리
시골 이발관 주인은
하늘의 구름을 불러모아 비누거품을 만들겠지

이 세상의 멱살을 잡고 가는 시간 같은 거
내 몸 속을 쿨럭, 쿨럭거리며 흐르는 강물 같은 거
빨랫줄에 나란히 펼쳐 널어놓고
무시로 바람이 혓바닥으로 핥아먹게 내버려두리

내일은 사과나무한테 가서
사과를 땅에 좀 받아 내려놓아야지, 생각하다 보면

면도는 곧 끝날 테고

나 산모롱이를 오래오래 바라보리
문득 기적소리가 들리겠지
그러면 풍경 속에 간이역을 하나 그려넣은 다음에
기차를 거기 잠시 세워두리

내가 머리를 다 말리기도 전에
기차는 떠나야 한다며 뿡뿡 울며 보챌지도 몰라
그러면 까짓것 보내주지 뭐
기차야, 여우가 어슬렁거리는 밤길은
좀 천천히 달려야 한다, 타이르면서

내 친구는 풀숲을 더듬거리며 오리
길에 왜 사람이 없냐고
물동이 이고 가는 아낙이라도 그려보라 하겠지
사람을 그리는 일이 얼마나 어려운지 뻔히 알면서
예끼, 짐짓 모른체 농을 걸어오겠지

숭어회 한 접시

눈이 오면, 애인 없어도 싸드락싸드락 걸어갔다 오고 싶
은 곳
눈발이 어깨를 치다가 등짝을 두드릴 때
오래 된 책표지 같은 群山, 거기
어두운 도선장 부근

눈보라 속에 발갛게 몸 달군 포장마차 한 마리
그 더운 몸 속으로 들어가고 싶은 거라
갑자기, 내 안경은 흐려지겠지만
마음은 백열 전구처럼 환하게 눈을 뜰 테니까

세상은 혁명을 해도
나는 찬 소주 한 병에다
숭어회 한 접시를 주문하는 거라
밤바다가, 뒤척이며, 자꾸 내 옆에 앉고 싶어하면
나는 그날 밤바다의 애인이 될 수도 있을 거라

이미 양쪽 볼이 불콰해진
바다야, 너도 한 잔 할래?
너도 나처럼 좀 빈둥거리고 싶은 게로구나

강도 바다도 경계가 없어지는 밤
속수무책, 밀물이 내 옆구리를 적실 때

왜 혼자 왔냐고,
조근조근 따지듯이 숭어회를 썰며
말을 걸어오는 주인 아줌마, 그 굵고 붉은 손목을
오래 물끄러미 바라보는 거라
나 혼자 오뎅 국물 속 무처럼 뜨거워져
수백 번 엎치락뒤치락 뒤집혀 보는 거라

불구경

한밤중에 돈사에 불이 났다기에 우리는 구경을 갔었지요
잊을 수 없어요 강 건너에 있었지요
돈사는 어둠 속에 뻥 뚫린 빨강 구멍처럼 보였지요

아무도 발을 동동 구르지 않았어요 모두들
팔짱을 끼고 바라보았지요

우리는 킥킥, 웃었지요
노릿노릿하게 익은 넓적다리 구이가 생각났거든요
그 냄새가 물큰 강을 건너오는 것도 같았어요
어른들이 우리의 입을 손으로 막았지요

동그랗게 말려 올라간 꼬리에 불이 붙는다면
돼지는 불붙은 기관차처럼 돈사를 뛰쳐나올 테지요
풀 잘 마른 밭둑에다 마구 몸을 비벼 댈지도 몰라요
불길이 강물에 닿으면 피식피식 꺼지겠지요

실제로 강물이 벌겋게 달아올랐다가
제 몸의 불을 끄고 다시 흐르자
누군가 말했지요, 돼지는

불이 나면 절대로 돈사 밖으로 뛰쳐나오지 않는다고
우왕좌왕 허둥대지도 않고 그 자리에 앉아서
돼지는 고요히 마침내 앉아서 불길을 뒤집어쓰고
숯덩이가 된다고

나는 지금도 모르고 있지요
밥 먹고 똥 싸는 집, 질척질척한 그곳이
돼지는 정말로 우주라고 믿었던 것일까요?
아니면, 돼지는 집을 끝까지 지킨 게 아니라
거추장스런 집 같은 것을 그날부터
아예 내던져 버렸던 것일까요?

대상 수상시인 자선작

안 도 현

내게 묻는다 외

너에게 묻는다

연탄재 함부로 발로 차지 마라
너는
누구에게 한 번이라도 뜨거운 사람이었느냐

나의 경제

구두를 신으면서 아내한테 차비 좀, 하면 만 원을 준다
전주까지 왔다갔다하려면 시내버스비 210원 곱하기 4에다
더하기 직행버스비 870원 곱하기 2에다
더하기 점심 짜장면 한 그릇값 1,800원 하면
좀 남는다 나는 남는 돈으로 무얼 할까 생각하면서
벼랑 끝에 내몰린 나의 경제야, 아주 나지막하게
불러본다 또 어떤 날은 차비 좀, 하면 오만 원도 준다
일주일 동안 써야 된다고 아내는 콩콩거리며 일찍 들어
와요 하지만
나는 병천이형한테 그동안 술 얻어먹은 것 염치도 없고
하니
그런 날 저녁에는 소주에다 감자탕이라도 사야겠다고 생
각한다
또 며칠 후에 구두를 신으면서 아내한테 차비 좀, 하면
월말이라 세금 내고 뭐 내고 해서 천 원짜리 몇뿐이라는
데
사천 원을 받아들고 바지주머니 속에 짤랑거리는 동전이
얼마나 되나
손을 슬쩍 넣어 본다 동전테가 까끌까끌한 게 많아야 하
는데

손톱 끝이 미끌미끌하다 나는 갑자기 쓸쓸해져서

오늘 점심은 라면으로나 한 끼 떼울까 생각한다

또 그 다음날도 구두를 신으면서 아내한테 차비 좀, 하면

대뜸 한다는 말이 뭐 때문에 사는지 모르겠다고

유경이 피아노학원비도 오늘까지 내야 한다고 아내는

운다, 나는 슬퍼진다 나는 도대체 아무 생각도 나지 않는다

어제도 그랬다 길 가다 오랜만에 만난 친구가

새끼들 데리고 요즘 어떻게 먹고 사느냐고, 근심스럽다는 듯이

나의 경제를 훤히 들여다보고 있다는 듯이 물었을 때

나는 그랬다 살아보니까 살아지더라, 잘 먹고 잘 산다고

그게 지금은 후회된다 좀더 고통의 포즈를 취할 것을

이놈의 세상 팍 갈아 엎어버려야지, 하며 주먹이라도 좀 쥐어볼 것을

아니면, 나는 한 달에 전교조에서 나오는 생계보조비를

31만 원이나 받는다 현직에 계신 선생님들이 봉급에서 쪼개 주신 거다

그래 자기 봉급에서 다달이 만 원을 쪼개 남에게 준다는

것
   그것 받을 때마다 받는 사람 가슴이 더 쓰린 것
   이것이 우리들의 이데올로기다 우리들의 사상이다
   이렇게 자랑이라도 좀 떠벌리면서 그래서
   입으로만 걱정하는 친구놈 뒤통수나 좀 긁어줄 것을
   나의 경제야, 나는 내가 자꾸 무서워지는구나
   사내가 주머니에 돈 떨어지면 좁쌀처럼 자잘해진다고
   어떻게든 돈 벌 궁리나 좀 해보라고 어머니는 말씀하시
지만
   그까짓 돈 몇 푼 때문에 친구한테도 증오를 들이대려는
   나 자신이 사실은 더 걱정이구나 이러다가는 정말
   작아지고 작아지고 작아져서 한 마리 딱정벌레나 되지
않을지
   나는 요즘 그게 제일 걱정이구나

땅

내게 땅이 있다면
거기에 나팔꽃을 심으리
때가 오면
아침부터 저녁까지 보라빛 나팔소리가
내 귀를 즐겁게 하리
하늘 속으로 덩굴이 애쓰며 손을 내미는 것도
날마다 눈물 젖은 눈으로 바라보리
내게 땅이 있다면
내 아들에게는 한 평도 물려주지 않으리
다만 나팔꽃이 다 피었다 진 자리에
동그랗게 맺힌 꽃씨를 모아
아직 터지지 않은 세계를 주리

겨울 강가에서

어린 눈발들이, 다른 데도 아니고
강물 속으로 뛰어내리는 것이
그리하여 형체도 없이 녹아 사라지는 것이
강은,
안타까웠던 것이다
그래서 눈발이 물 위에 닿기 전에
몸을 바꿔 흐르려고
이리저리 자꾸 뒤척였는데
그때마다 세찬 강물소리가 났던 것이다
그런 줄도 모르고
계속 철없이 철없이 눈은 내려,
강은,
어젯밤부터
눈을 제 몸으로 받으려고
강의 가장자리부터 살얼음을 깔기 시작한 것이었다

애기똥풀

나 서른다섯 될 때까지
애기똥풀 모르고 살았지요
해마다 어김없이 봄날 돌아올 때마다
그들은 내 얼굴 쳐다보았을 텐데요

코딱지 같은 어여쁜 꽃
다닥다닥 달고 있는 애기똥풀
얼마나 서운했을까요

애기똥풀도 모르는 것이 저기 걸어간다고
저런 것들이 인간의 마을에서 시를 쓴다고

사 랑

여름이 뜨거워서 매미가
우는 것이 아니라 매미가 울어서
여름이 뜨거운 것이다

매미는 아는 것이다
사랑이란, 이렇게
한사코 너의 옆에 붙어서
뜨겁게 우는 것임을

울지 않으면 보이지 않기 때문에
매미는 우는 것이다

열심히 산다는 것

산서에서 오수까지 어른 군내버스비는
400원입니다

운전사가 모르겠지, 하고
백 원짜리 동전 세 개하고
십 원짜리 동전 일곱 개만 회수권 함에다 차르륵
슬쩍, 넣은 쭈그렁 할머니가 있습니다

그걸 알고 귀때기 새파랗게 젊은 운전사가
있는 욕 없는 욕 다 모아
할머니를 향해 쏟아 붓기 시작합니다
무슨 큰일난 것 같습니다
30원 때문에

미리 타고 있는 손님들 시선에도 아랑곳없이
운전사의 훈계 준엄합니다 그러면,
전에는 370원이었다고
할머니의 응수도 만만찮습니다
그건 육이오 때 요금이야 할망구야, 하면
육이오 때 나기나 했냐, 소리치고

오수에 도착할 때까지
훈계하면, 응수하고
훈계하면, 응수하고

됐습니다
오수까지 다 왔으니
운전사도, 할머니도, 나도, 다 왔으니
모두 열심히 살았으니!

꽃

바깥으로 뱉어 내지 않으면 고통스러운 것이
몸 속에 있기 때문에
꽃은, 핀다
솔직히 꽃나무는
꽃을 피워야 한다는 게 괴로운 것이다

내가 너를 그리워하는 것,
이것은 터뜨리지 않으면 곪아 썩는 못난 상처를
바로 너에게 보내는 일이다
꽃이 허공으로 꽃대를 밀어 올리듯이

그렇다 꽃대는
꽃을 피우는 일이 너무 힘들어서
자기 몸을 세차게 흔든다
사랑이여, 나는 왜 이렇게 아프지도 않는 것이냐

몸 속의 아픔이 다 말라버리고 나면
내 그리움도 향기나지 않을 것 같아 두렵다

살아 남으려고 밤새 발버둥을 치다가

입 안에 가득 고인 피,
뱉을 수도 없고 뱉지 않을 수도 없을 때
꽃은, 핀다.

양철 지붕에 대하여

양철 지붕이 그렁거린다, 라고 쓰면
그럼 바람이 불어서겠지, 라고
그저 단순하게 생각해서는 안 된다

삶이란,
버선처럼 뒤집어 볼수록 실밥이 많은 것

나는 수없이 양철 지붕을 두드리는 빗방울이었으나
실은, 두드렸으나 스며들지 못하고 사라진
빗소리였으나
보이지 않기 때문에
더 절실한 사랑이 나에게도 있었다

양철 지붕을 이해하려면
오래 빗소리를 들을 줄 알아야 한다
맨 처음 양철 지붕을 얹을 때
날아가지 않으려고
몸에 가장 많이 못자국을 두른 양철이
그놈이 가장 많이 상처 입고 가장 많이 녹슬어 그렁거린
다는 것을

너는 눈치채야 한다

그러니까 사랑한다는 말은 증발하기 쉬우므로
쉽게 꺼내지 말 것
너를 위해 나도 녹슬어 가고 싶다, 라든지
비 온 뒤에 햇볕 쪽으로 먼저 몸을 말리려고 뒤척이지는
않겠다, 라든지
그래, 우리 사이에는 은유가 좀 필요한 것 아니냐?

생각해 봐
한쪽 면이 뜨거워지면
그 뒷면도 함께 뜨거워지는 게 양철 지붕이란다

20세기가 간다

자기 살을 자기 손으로 떼어내며
백일홍이 지고 있다

백일홍은 왜
자기 연민도 자기에 대한 증오도 없이
자신한테 버럭 소리 한 번 지르지도 않고
뚝뚝, 지고 마는가

여름 한낮, 몸 속에 흐르던 강물을
울컥울컥 토해 내면서
한 마리 혼절한 짐승같이 웅크리고 있는 나무여

나 아직도 너에게 기대어
내 몸을 마구 비벼 보고 싶은데
혼자서 피가 뜨거워지는 일은
얼마나 두렵고 쓸쓸한 일이냐

女中生들이 몰래 칠한 립스틱처럼
꽃잎을 받아 먹은
지구의 입술이 붉다

그 어떤 고백도 맹세도 없이
또 한 여자를 사랑해야 하는 날이 오느냐

강과 연어와 물푸레나무의 관계

남대천 상류 물푸레나무 속에는
연어 떼가 나무를 타고
철버덩거리며 거슬러오르는 소리가 들린다
나무가 세차게 흔들리는 것은 바로 그 때문이다
물푸레나무 가지 끝에 알을 낳으려고
연어는 알을 낳은 뒤에 죽으려고
죽은 뒤에는 이듬해 봄 물푸레나무 가지 끝에
수천 개 연초록 이파리의 눈을 매달려고
연어는 떼지어 나무를 타고 오른다
나뭇가지가 강 줄기를 빼닮은 것도 바로 그 때문이다

진눈깨비

진눈깨비 나린다
진눈깨비 나리는데 목까지 올라오는 장화를 신고
미나리꽝에 가슴을 담근 늙은 여인이 있다

늙은 여인은 물 속으로
점점 꺼져들어 간다

아무도 없다 아무도 없는데 진눈깨비는 나리고
미나리꽝에는 얼음이 둥둥 떠 있다

늙은 여인은 아예 물 바깥으로 나올 생각을 하지 않는다
찬물이 뚝뚝 듣는, 대지의 머리카락 같은
푸른 미나리를 한 움큼 끌어올리기 전까지는

미나리꽝에 진눈깨비는 나리고
진눈깨비는 나리어 소리도 없이 녹는데
수건 쓴 그녀의 머리꼭지에는 눈이 쌓인다
놀라운 일이다 환하게 빛난다

추천우수작

고재종

천봄갈이 외

1957년 전남 담양 출생
1984년 실천문학 신작시집
《시여 무기여》에 시를 발표하며 등단
시집 《바람부는 솔숲에 사랑은 머물고》
《새벽 들》《사람의 등불》《날랜 사랑》
《앞강도 야위는 이 그리움》 등
산문집 《사람의 길은 하늘에 닿는다》 등
제11회 신동엽창작기금 받음
제2회 시와시학상 젊은시인상 수상

첫봄갈이

논두렁에 산수유꽃 사태난 것은
며칠째 불어대는 동부새의 짓이다
꽃 피는 그 앞에서 무슨 공을 다투랴
탈탈탈탈, 경운기 몰아댈 때마다
세섯덩이 넘어가고 넘어가면
고비고비 사람도 참 많이 넘어야겠다
이곳저곳의 쥐불연기 보아라
고구려고구려 오르는 저 모습이
땅의 기도 아닌들 어찌 그리 간절하랴
아른아른 일렁이는 산수유꽃 너머로
부르르 진저리치는 뒷산이 있어
목청에 기름을 칠한 동박새도 짖어댄다
사람은 참 많이도 절망하지만
아랫마을의 대숲은 어느 때나 푸르다
동부새 그 짓거리에 또 몸살을 앓겠지
훈김 오른다, 쟁깃밥에 넘어가는 논
훈김 없으면 어떻게 씨를 품으랴
오늘밤 두엄자리도 몸을 뒤채리라
새참 내온 할머니는 탁배기 두어 잔에
울컥 치밀어 우는 것이 아닐 게다

칠순토록 이 땅은 질긴 업장이었다
모두 다 봄의 짓이고 목숨의 짓이다
탈탈탈탈, 적막강산 깨우는 짓도
한 세월 너끈하게 채잡는 일일 게다

수선화, 그 환한 자리

거기 뜨락 전체가 문득
네 서늘한 긴장 위에 놓인다

아직 맵찬 바람이 하르르 멎고
거기 시간이 잠깐 정지한다

저토록 파리한 줄기 사이로
저토록 샛노란 꽃을 밀어올리다니

네 오롯한 호흡 앞에서
이젠 나도 모르게 환해진다

거기 문득 네가 있음으로
세상 하나가 엄정해지는 시간

네 서늘한 기운을 느낀 죄로
나는 조금만 더 높아야겠다

수숫대 높이만큼

네가 그리다 말고 간
달이 휘영청 밝아서는
댓그림자 쓰윽 쓰윽
마당을 잘 쓸고 있다
백 리까지 확 트여서는
귀뚜라미 찌찌찌찌찌
너를 향해 타전을 하는데
아무 장애는 없다
바람이 한결 선선해져서
날개가 까실까실 잘 마른
씨르래기의 연주도
씨르릉 씨르릉 넘친다
텃밭의 수숫대 높이를 하곤
이 깊고 푸른 잔을 든다
나는 아직 견딜 만하다
시방 제 이름을 못 얻는
대숲 속의 저 새울음만큼.

누님

저것 좀 보아 저 아가씨
봉선화 따서 손톱 묶네
저 아가씨 얼굴 좀 보아
홍색 자색 연분홍 드네
가슴 봉긋한 저 아가씨
이윽한 눈빛의 저 아가씨
꽃물 든 손 가슴에 얹네
저 먼 데로 까치발 딛네
말만한 엉덩이 저 아가씨
어쩌자고 저 아가씨
바알갛게 달아오르네
숨쉬기조차 힘들어 하네
아아, 저 아가씨 눈이슬짓네
내사 차마는 못 보겠네
진저리치다 깨어나니
울 밑의 봉선화 비에 젖네

비자숲 바람소리

비 온 뒤에 젖어 있는. 마악 개고 햇살이 나오는, 때마침 바람도 일기 시작하는 숲이었지. 그 나뭇잎새가 非非非하게 생기고, 그 둥치는 어처구니로 생긴 것들이 이윽고 반짝이며, 툭툭 털며, 솨솨솨 빗질 소리를 내는 숲이었지. 세월로 삐그덕거리는 내 이백여 뼈마디가 살살 안 아프겠는 그 숲에 아참, 너와 나 무엇이 정녕 시들하긴 시들해서는 찾아갔었지.

그랬더니, 아 그랬더니, 직박구리 둥지 머리에 이고 千手觀音처럼 기도하는 나무들로 꽉 찬, 그렇지, 북제주군 조천의 비자숲은, 배배 꼬인 분재 같은 나, 끄덕하면 세상의 상처를 운운하는 나를, 그렇게 우람하고, 그렇게 팽팽하게 세워서는, 같이 간 너의 외로움마저도 푹 젖게 하고, 벌쭉 열리게 해서는, 온 숲이 한바탕 처녀매미로 찢어지게 하고는, 솨솨솨 그 숲바람 소리에 아득아득 자물 쓰게 할 숲이었지.

그랬지. 우리 온갖 것으로 막힌 九竅를 열어 너와 나, 너나들이로 속속 물 흐르게도 한, 그러나 끝내 다음 일정에 쫓기는 어리보기를 숲길 밖으로 쫓아내는 그 숲에 실은 우리 안 들어갔었지. 들어갔다 해도 그 깊고 푸르고 생생한, 그 어처구니 숲에서 내가 본 건 아무것도 없이, 되레 세상

엔 그 알 수 없는 성성한 힘이 알 수 없게 관장하는 한 곳 쯤은 그예 감춰두어야겠다는 마음 다짐 속으로 시방도 솨 솨솨거리는 너와 나의 通風, 바람소리만을 달고 왔었지.

쓸쓸함이 때로 나를 이끌어

갯변의 늙은 황소가 서산 봉우리 쪽으로 고개를 쳐들며 굵은 바리톤으로 운다

밀감빛 깔린 서쪽 하늘로 한 무리의 새떼가 날아 봉우리를 느린 사 박자로 넘는다

그리고는 문득 텅 비어 버리는 적막 속에 나 한동안 서 있곤 하던 늦가을 저녁이 있다

소소소 이는 소슬바람이 갈대숲에서 기어나와 마을의 등불 하나하나를 닦아내는 것도 그때다

세한도

날로 기우듬해 가는 마을회관 옆,
청솔 한 그루 꼿꼿이 서 있다.

한때는 앰프방송 하나로
집집의 새앙쥐까지 깨우던 회관 옆,
그 둥치의 터지고 갈라진 아픔으로
푸른 눈 더욱 못 감는다.

그 회관 들창 거덜내는 댑바람 때마다
청솔은 또 한바탕 노엽게 운다.
거기 술만 취하면 앰프를 켜고
박달재를 울고 넘는 이장과 함께.

생산도 새마을도 다 끊긴 궁벽, 그러나
저기 난장 난 비닐하우스를 일으키다
그 청솔 바라다보는 몇몇들 보아라.

그때마다, 삭바람마저 빗질하여
서러움조차 잘 걸러내어
푸른 숨결을 풀어내는 청솔 보아라

나는 희망의 노예는 아니거니와
까막까치 얼어죽는 이 아침에도
저 동녘에선 꼭두서니빛 타오른다.

추천 우수작

김정란

집, 조금 움직이는여자, 여자들외

1953년 서울 출생
한국외대 불어과 졸업
1976년 《현대문학》을 통해 등단
시집 《다시 시작하는 나비》 《매혹, 혹은 겹침》
《그 여자, 입구에서 가만히 뒤돌아보네》 등

집, 조금 움직이는 여자, 여자들

캄캄한 밤. 여자는 바늘 끝처럼 예민해진다. 쉬잇. 소리, 아주 작은. 바시식바시식. 푸푸푸푸 피피피피. 휘휘. 후후. 작은 벌레들일까? 이 시간에? 아니, 잘 들어 보면 음악소리 같기도 했다. '벽이 노래를 부르는구나.' 여자가 무릎걸음으로 벽을 향해 기어갔다. 사실 여자는 납작 엎드려서 기어갈까 하는 생각도 했었다. 왜냐하면, 최근에 그녀는 대지가 자기의 살껍질이 된 것 같다고 느끼니까. 그녀는 요즘 자기가 걸어다니는 식물이 되었다고 느낀다. 팔다리를 움직일 때마다 무언가 아주 멀리에서 딸려 올라온다. 멀리, 은하계 밖까지 연결된 선.

여자가 무릎걸음으로 기기 시작하자, 여자들이 다가와 같이 기었다. 그녀들이 속닥속닥 말했다. 같이 가, 응? 여자가 후후 웃는다. 그래. 같이 가. 하지만 낮게, 낮게, 아주 낮게.

여자들이 벽에 도착했다. 벽은 조금 물러났다. 벽은 자꾸 바삭바삭 셀로판지 구겨지는 소리를 낸다. 여자들이 또 속삭인다. 벽이 투명해졌네. 밖이 다 내다보여. 밤인데도! 여자들이 벽에 눈을 가져다 붙인다. 안에 있어도 다 보여.

흔들리고 팽창하는 이 안에서. 방이 참 넓어졌네. 벽은 그 새 노래를 많이 배웠어. 그렇게 있는 대로 피를 흘리더니, 참!

여자들이 서로 눈을 들여다본다. 알지? 그럼. 알아.

집이 조금 움직인다. 떠오르는 걸까? 아마도. 왜냐하면, 여자들의 무릎에서 날개가 삐죽삐죽 솟아나기 시작했으니까. 여자들이 와그르르 웃었다. 무릎에서 날개가 나다니! 괴상한 천사들이네! 여자들이 몸을 껴안고 둥실둥실 떠올랐다. 우린 집에 있다! 그런데 가벼워! 집에서 가볍다니까!

늦 봄

나 복사꽃 그늘 아래에서 그대 안아 보지 못했네

오늘 환히 햇살 오월 하늘에 가벼이 날개 흔들며

날 아 가 고

복사꽃 곱게곱게 지네 허공을 붙잡았던 내 손톱들일까

내가 아픈 마음 꽃 위에 담요처럼 덮어 주네

이승만 생일까 저 곱게 지는 분홍빛 꽃들
말 배우기 전에 죽은 아기들의 영처럼

가슴에 넣어 두네

어느 생에선가 그것들
무연히 천사처럼 꺼내 보리 무연히
열반의 그림자 아래에서

시간의 이마

날개 하늘 베어내네
하늘 날개 베어내네

빛 그 배경에서 날개와 하늘 안아 버리네
땅도 안아 버리네

난 내 상처 안아 버리네
상처가 베어낸 살도
그것이 고통스러워했던 시간도
모두 안아 버리네

더 오래 참고 기다려
진실로 아름다워지려 하네

당신 오지 않아도 나 혼자
내 밖에서 나를 안게 되리라고 믿네

나를 삶 안에 그대로 세워둔 채로
상처의 길을 따라 내 밖으로 나가며
찬찬히 그걸 배웠네

신만이 아신다네
내 삶 깊은 곳에서 어떤 일이 일어났는지

어떻게 내가 무심하게
불 같은 시간의 이마를 짚을 수 있게 되었는지

가 을

당신이
세계의 강물에서 처음으로 솟아나온 손가락으로
내 어깨를 툭, 쳤다

청동가루 냄새

세계의 모든 도서관에서
책장들 팔락이는 소리

그리곤 희고 희고 흰 바닷가
모래사장
위에

물새 날아간 발자국
두어 개

새로운 죽음

속살이 차올라요 피 철철 빠져 나가고 상처 벌어졌던 자리에서 오늘은 아침 내내 은종이 울었어요 은종이 창창창 울리면서 이상하지요 그게 어떤 다른 살을 불러와 휘휘 뿌려댔어요 굉장히 차가운데 따뜻하고 그런 향내나는 이상한 없는 있는 바닷가 솔바람 냄새나는 눈 같은 몸 말예요 없는 몸도 있는 몸인 걸 어느새 난 알게 되었거든요 내가 팔벌려 그 몸 꺼안아요

바다 멀리에선 죽은 사람들이 돌아와요 그들의 썩은 살이 너덜너덜 깃발처럼 흔들려요 갈매기들도 고개를 돌려요 그럼요 그건 사람의 일이잖아요

난 내 상처 구멍이 넓어지는 말 구멍이라고 사람들에게 가는 말 구멍이라고 생각하기 시작했어요 그래서 그 구멍을 확성기로 쓴답니다 여어 여기예요 그래요 나도 많이 아팠어요 삶을 있는 대로 미련하게 다 쓰느라구요 여어 이리 오세요 우리 같이 있어요

난 썩은 살들을 꺼안고 입맞추며 안녕 하고 인사한답니다 왜냐하면 난 산 채로 썩는 게 어떤 건지 알거든요 난 죽

은 사람들에게 말해요 오늘은 은종소리가 들렸어요라고요
우리 이젠 아프지 말아요라고도요 우린 사랑하잖아요라고
도요 우린 죽음을 거쳐서 죽음을 건너서 죽음 바깥에서 얼
마든지 오고 가잖아요라고도요

　　나는 또 말했지요 나 하나의 생이 뭐 그리 대단하겠어요
다만 정성으로 한생 살 뿐이에요 그뿐이에요 그리고 다시
오는 생을 위해서 내 썩는 살까지 다 쓰는 거지요 그래서
내 생을 환한 신작로로 만드는 거지요 수천 명부의 귀신들
조금씩 진화하며 조금씩 미망을 걷어내며 자유로이 들락거
리는 우주의 길목으로 말예요

　　봄비가 내리기 시작하데요 들어봐요! 귀신들이 고요고요
속살대며 내 방안에 가득 들어차는 소리 사이사이 은종 창
창창 맑은 눈물 소리내며 울리고, 울리고……

내 가슴 빈터에 네 침묵을 심는다

네 망설임이 먼 강물소리처럼 건네왔다
네 참음도
네가 겸손하게
삶의 번잡함 쪽으로 돌아서서 모르는 체하는 그리움도

가을바람 불고 석양녘 천사들이 네 이마에
가만히 올려놓고 가는 투명한 오렌지빛
그림자도

그 그림자를 슬프게 고개 숙이고
뒤돌아서서 만져보는 네 쓸쓸한 뒷모습도

밤새
네 방 창가에 내 방 창가에
내리는, 내리는, 차갑고 투명한 비도

내가 내 가슴 빈터에
네 침묵을 심는다, 한번, 내 이름으로,

너는 늘 그렇게 내게 있다

세계의 끝에서 서성이는
아득히 미처 다 마치지 못한 말로

네게 시간을 줘야 한다고 나는
말하고 쓴다, 내 가슴 빈터에

세계가 기웃, 들여다보고 제 갈 길로 가는
작은, 후미진 구석

그곳에서 기다림을 완성하려고
지금, 여기에서, 네 망설임을, 침묵을, 거기에 심는다,
한번 더, 네 이름으로,

언제든 온전히 말을 거두리라

너의 이름으로, 네가 된 나의 이름으로

나태주

갑사 입구 외

1945년 충남 서천 출생
공주사범학교 졸업
1971년 《서울신문》 신춘문예를 통해 등단
시집 《대숲 아래서》 《누님의 가을》 《막동리 소묘》
《추억의 묶음》 《풀잎 속 작은 길》 등
흙의문학상, 충남도문화상, 현대불교문학상 등 수상

갑사 입구

내가 사람들 데리고 와
거짓말 한 마디씩 할 때마다
소나무 푸른 솔이파리 바늘은 시들고

내가 또
욕지거리 한 마디씩 지껄일 때마다
소나무 푸른 솔이파리 바늘은 병들고

또 내가
나쁜 생각 한 번씩 할 때마다
소나무 푸른 솔이파리 바늘은 땅으로 떨어져

이제는 바람이 몰려와도
쏴쏴 저승의 바다 물결소리
받아 외울 줄도 모르는
갑사 입구의 소나무

팔다리까지 내어준 민둥몸으로
술취한 노을에 기대어
다만 속울음 삼키고 있음이여.

눈 길

　지난밤 폭설이 내리고 출근길 막혀 직행버스 다니는 큰
길에서 하차, 시내버스길 8키로 작정없이 걷기로 하다. 얼
만큼 걸었을까? 뒤에서 경적과 함께 차 한 대 멈춰서 태워
준다 하기에 운전하는 사람 얼굴 보았더니, 그는 우리 학
교 가까운 송촌마을 학부형. 자기네 동네에도 중학생들 등
교하는 시내버스가 오지 않아 아들을 중학교까지 실어다
주고 돌아가는 길이라 한다. 눈길을 조심조심 운전해 가던
그가 말을 꺼낸다. 자기네 딸은 4학년, 공부는 썩 잘 하지
는 못하지만 마음씨가 착하고 일기를 열심히 쓰는데 가끔
훔쳐서 읽어 보면 거기에 교감인 내 얘기도 들어 있다는
것. 나는 우리 학교에서 교감선생님이 제일로 좋다, 내가
커서 어른이 되면 티부이는 사랑을 신고에 나가 교감선생
님을 찾겠다는 말도 쓰여 있다는 것. 온 녀석두, 몇 차례
음악시간 보충수업 들어가 노래 시켜 보고 잘한다 칭찬해
준 일 있고, 3학년 때부터 머리를 뽀골뽀골 파마로 볶아 다
람쥐꼬리처럼 뒤로 묶고 다니길래 만날 적마다 어여쁘다
머리 쓰다듬어 준 일밖에 없는데. 얼굴이 사과덩이처럼 둥
글고 붉으스름한 4학년짜리 수진이라는 계집아이. 왜 하필
저의 담임도 아니고 교감인 나였을까? 그 애가 자라서 티
부이는 사랑을 신고에 나가려면 앞으로 20년은 더 기다려

야 할 텐데 그때까지 내가 살아 있기나 할까요? 대답은 그
렇게 하면서도 코허리가 찌잉해 온다. 30년 넘게 머뭇거리
며 떠나지 못한 초등학교 교단, 모처럼 큰 상을 혼자만 받
은 듯. 어제 저녁 폭설이 내리고 시내버스가 오가지 못하
도록 길이 막힌 건 얼마나 잘된 일인가! 마음속에 모처럼
하얀 눈이 곱게 쌓여 아무도 가지 않은 순결한 길이 하나
멀리 멀리까지 열려 손짓해 나를 부르다.

모처럼 맑은 하늘

  초록의 들판으로 터진 길 위에서 중얼거려 본다. 나무 나무 종달이 지빠귀 어치 씀바귀 민들레 강아지풀…… 내 몸이 점점 작아지기 시작한다. 손가락 끝 발가락 끝에 초록색 물감이 들기 시작한다. 뻐꾸기 뻐꾸기 할미새 보리똥 나무 참빗나무 하눌타리…… 내 몸이 더욱더 작아진다. 온 몸에 초록색 물감이 든다. 드디어 나는 한 마리 초록의 벌레가 되어 나무 이파리 위를 기어간다. 이제 나무 이파리는 드넓은 초록의 벌판이다. 더듬이를 세워 허공을 휘저어 본다. 모처럼 맑은 하늘이다.

대 동(大同)

1

해거름의 퇴근길
교문 앞 구멍가게에서
새우깡 한 봉지 300원 주고 사서
공부 끝난 뒤에도 친구들이랑 놀고 있는
운동장 가의 아이들 불러
한 주먹씩 나누어 주고
아이들 따라온 개에게도 집어 주고
나머지 한 주먹은 내가 털어서 먹다

그리하여 아이들과 개와 나는
한 식구가 되고 비로소
평등해지다.

2

변성기에 접어든 아이들의 목청은
영판 엉망이다
엉망인 목청으로 부르는 노래는 또
기운 곳 투성이다
가락이며 음정은 고사하고

기본적인 박자조차 따라 주지 못한다
그러나 그들의 목청은 싱그럽다
여기저기 키들대는 웃음소리가 끼여들고
분홍빛 여드름도 돋아 있고
종발 크기만한 젖무덤도 솟아 있다

그들의 목청 위에 나는
내 헤먹은 목청을 얹어 본다
목청과 목청이 섞여 강물 되어
흘러가기 시작한다
화통이다 드디어 우리는
하나를 이룬다.

옹배기

언제나 봐도 대청마루 한구석지
떠나지 못하고 주질러앉아
헤벌떡 큰 입을 벌려
선하품이나 뱉고 있는 옹배기 하나

불가마에서 나온 그릇들
마음에 아니 차거나 비뚤어진 녀석은
가차없이 작대기질을 해대는 도공도
차마 이 그릇한테만은
그러지를 못했다

얼금얼금 금이 가고 등이 터진 게
오랜 나날 찌들린 살림살이
온몸에 잔금이 갈 대로 간 자기
마누라와 꼭 닮았다는 생각이
그릇에 가 머물렀기 때문

그러나 도공의 아내는
왜 이 녀석만 그렇게 오래도록
남편 옆에 머물러 있어야 하는지

이유를 알지 못했다.

두 부

푸슥푸슥 떡가루눈 날리는 아침
개울가 길을 막아 만든 간이 시장통
겨울인데도 알몸에 짐승털옷만 걸친
김희선이란 어린 여배우
저 혼자 좋아 배꼽을 내놓은 채
키들키들 웃고 있는 화장품 가게 앞을 지나
김이 무럭무럭 나는 두부 함지가 보이길래
하도 먹음직스러워
뒤돌아보았더니
난 또 누구시라고?
그전에 아파트로 이사 오기 전에 살던
감나무 두 그루 서 있던 우리집을 찾아
자주 생선 함지 이고 드나들던
그 아주머니 아니신가
지도 뉘기신가 해꾸먼유 모처럼 만난
반가움에 함박꽃 웃음을 무는 중늙은이 아낙네
두어 개 모스라진 앞니빨
추위에 벌겋게 부어오른 두 볼따구가
아무래도 두부를 닮았다
큼직큼직 가로세로 칼질만 되었을 뿐

아직은 뜨끈뜨끈 온기도 남아 있을
두부를 바라보며 나도 아주머니에게
먹음직한 두부쯤으로
보여졌으면 좋겠구나 생각해 본다.

메밀꽃이 폈드라

메밀꽃이 폈드라
새하얗드라

여름내 흰 구름이
엉덩이 까내리고
뒷물 하던 자리

바람의 칼날에 몰려
벼랑 끝에 메밀꽃이
울고 있드라

끝끝내 아무도 없드라
메밀꽃은 대낮에도
달밤이드라.

추천 우수작

나희덕

오래된 수틀 외

1966년 충남 논산 출생
연세대 국문과 졸업, 동대학원 재학중
1989년 《중앙일보》 신춘문예를 통해 등단
시집 《뿌리에게》 《그 말이 잎을 물들였다》
《그곳이 멀지 않다》 등

오래된 수틀

누군가 나를 수놓다가 사라져버렸다

씨앗들은 싹을 틔우지 않았고
꽃들은 오랜 목마름에도 시들지 않았다
파도는 일렁이나 넘쳐흐르지 않았고
구름은 더 가벼워지지도 무거워지지도 않았다

오래된 수틀 속에서
비단의 둘레를 댄 무명천이 압정에 박혀
팽팽한 그 시간 속에서

녹슨 바늘을 집어라 실을 꿰어라
서른세 개의 압정에 박혀 나는 아직 팽팽하다

나를 처음으로 뚫고 지나갔던 바늘끝,
이 씨앗과 꽃잎과 물결과 구름은
그 통증을 지금도 기억하고 있다 기다리고 있다

헝겊의 이편과 저편, 건너가면
다시 돌아올 수 없는 언어들로 나를 완성해다오

오래 전 나를 수놓다가 사라진 이여

웅덩이

웅덩이를 지나다
그만 바지를 적시고 말았다
발을 헛디디는 순간
갇힌 물에서 날갯소리가 들려왔다

내리는 비에
웅덩이는 깊어져 가고
푸석거리는 몸이 견디기 어려웠던 나는
눅눅함도 축복인 양 걸어다녔다

해가 나자
비를 머금은 잎들 반짝거렸다 그 속으로
바지의 얼룩을 끌고 가면서
마를수록 선명해지는 상처 하나 끌고 가면서
다시 푸석거리는 소리

구석에 앉아 마른 얼룩을 부비면
흙먼지였던 당신
그제야 내게서 날아올랐다
기억은 웅덩이처럼 작아져 갔다

밥 생각

밥 주는 걸 잊으면
그 자리에 서곤 하던 시계가 있었지
긴 다리 짧은 다리 다 내려놓고 쉬다가
밥을 주면 째깍째깍 살아나던 시계,
그는 늘 주어진 시간만큼 충실했지
내가 그를 잊고 있는 동안에도
시간은 흘러갔지만
억지로 붙잡아두거나 따라가려는 마음 없이
그냥 밥 생각이나 하면서 기다리는 거야
요즘 내가 그래
누가 내게 밥 주는 걸 잊었나 봐
깜깜해 그야말로 停電이야
모든 것과의 싸움에서 停戰이야
태엽처럼 감아놓은 고무줄을 누가 놓아버렸나 봐
시간은 흘러가지만 아무 일도 일어나지 않아
냉장고의 감자에선 싹이 나지 않고
고드름이 녹지 않고 시계바늘처럼 매달려 있어
째깍째깍 살아 있다는 소리 들리지 않아
반달이 보름달이 되고 다시 반달이 되는 것을 보지만
멈추어버린 나는 항상 보름달처럼 둥글지

그러니 어디에 부딪쳐도 아프지 않지 부서지지 않지
내 밥은 내가 못 주니까
보름이어도 나는 빛을 볼 수 없어
깜깜해 그냥 밥 생각이나 하고 있어
가끔은 내가 밥을 주지 않아 서 있을 누군가를 생각하지
밥을 주지 않아도 잘 가는 시계가 많지만
우리가 이렇게 서버린 건 순전히 밥 생각 때문이야
밥을 준다는 것은 나를 잊지 않았다는 뜻이니까
그가 감아준 태엽마다 새로운 시간을 감고 싶으니까
그때까진 停電이야 停戰이라구, 이 구식 시계야

빗방울, 빗방울들

버스가 달리는 동안 비는
사선이다
세상에 대한 어긋남을
이토록 경쾌하게 보여 주는 유리창

어긋남이 멈추는 순간부터 비는
수직으로 흘러내린다
사선을 삼키면서
굵어지고 무거워지는 빗물
흘러내리지 않고는 견딜 수 없도록

더 이상 흘러갈 곳이 없으면
창틀에 고여 출렁거린다
출렁거리는 수평선
가끔은 엎질러지기도 하면서

빗물, 다시 사선이다
어둠이 그걸 받아 삼킨다

순간 사선 위에 깃들이는

그 바람, 그 빛, 그 가벼움, 그 망설임,
뛰어내리는 것들의 비애가 사선을 만든다

첫 목소리

녹야원* 그늘에 쉬고 있는 흰 소 두 마리
그 등에 마악 날아와 앉은 것 같기도 하고
마악 날아가려는 것 같기도 한 까마귀 한 마리

긴장감 속에 깃든 기이한 평화
그들은 아직도 귀기울여 듣고 있는 것일까
태어나고늙고병들고죽는것… 쏴아쏴아… 사랑하는사람과
헤어져야하는것… 쏴아쏴아… 미워하는사람과
만나지않으면안되는것… 쏴아쏴아 쏴아쏴아…
내 귀에는 바람소리만 들렸다 안 들렸다 하고
다섯 비구들 보이지 않고
그 순한 눈동자들만 여기에 남아
이천 년이 넘는 되새김질을 계속하고 있는 것일까

녹야원 그늘에
이천 년도 넘게 앉아 있는 흰 소 두 마리
한 번도 그 등을 떠난 일 없는 까마귀 한 마리

그 오래된 평화 속에서 고통을 발음했던 첫 목소리

내 귀에는 바람소리만 들렸다 안 들렸다 하고
구하지만얻을수없는것… 솨아솨아… 영락을
잃어버리는것… 솨아솨아… 솨아솨아…

---

* 녹야원(鹿野苑) : 석가모니가 깨달음을 얻은 뒤에 가장 먼저 설법
     한 곳

그때 나는

그때 나는 사과를 줍고 있었는데
재활원 비탈길에 어떤 아이가 먹다 떨어뜨린
사과를 허리 굽혀 줍고 있었는데
내가 주워올린 것은
흙 묻은 나의 심장이었다
그때 나는 다른 한 손에 가방을 들고 있었는데
목발을 짚은 그 아이의 가방을 들고 있었는데
내 손에 들린 것은
내 생의 무거운 가방이었다
그때 나는 성한 몸이라는 것조차 괴로웠는데
그 아이는 비뚤어진 입과 눈으로
자꾸만 웃었다 나도 따라 웃곤 했는데
그때마다 비탈의 나무들은 휘어지고 흔들렸는데
그 휘어짐에 놀라 새들은 날개를 멈칫거리고
새들 대신 날개 없는 나뭇잎만 날아올랐다
그때 나는 괴로웠을까 행복했을까

오늘 아침 땅 위에 떨어진 사과 한 알
천국과 지옥의 경계처럼
베어먹은 살에만 흙이 묻어 있다

그때처럼 주워 들었지만
나는 그게 내 마음 같다고는 생각하지 않았다
살아서 심장에 흙이 묻을 수 있다니,
그랬다면 이 버려진 사과처럼 행복했을까 괴로웠을까

박정대

내 생애 마지막 개기일식 외

1965년 강원 정선 출생
고려대 국문과 졸업
1990년 《문학사상》을 통해 등단
시집 《단편들》
현재 서문여고 교사로 재직중

내 생애 마지막 皆旣日蝕

——사랑에 관한 짧은 필름,

어두워질수록 나는 자꾸만 보이는 것이다
완전한 어둠 속에서만 선명히 인화되는 사랑

——어둠을 기다리며,

38년 만에 한 번 온다는 개기일식을 몽고쯤에서 볼 수 있
을 거라네. 우리 나라에선 완전하지는 않지만 그래도 개기
일식을 볼 수 있을 거라네. 나는 사라지는 태양을 보려고
아침 일찍 일어나 하늘만 보고 있네. 일요일이라 늦잠을
자고 있을 그 시간에 나는 태양이 없는 그 순간의, 영원의
암흑을 보기 위하여 잠을 설친 채 아침부터 창 밖을 보네.
꿈꾸는 것들의 눈동자마저 가려 버릴, 조그만 달의 반란에
동참하기 위하여 나는 시린 눈을 들어 자꾸만 하늘을 바라
보고 있네.

——그런데 왜 아무리 기다려도 어두워지지 않는 걸까

——꿈,

이상한 것이다, 나는 살아 있는 것이다. 꿈꾸지 않는데
도 나는 살아 있는 것이다. 더 이상 꿈꿀 수 없는데도 나는
살아 있는 것이다.

  ──그런데 그 어두운 대낮의 벌판을 가로질러 말을 탄
몽고의 유목민들은 어디로 달려가고 있는 것일까, 어디를
꿈꾸고 있는 것일까, 지금은 꿈도 어두워질 폐허 무렵

  ──어두워질 무렵,

  바람이 불 때마다 몇 사람이 죽어갔네. 꽃들이 피었다
지고 다시 피어나기도 했지만, 푸른 하늘 아래 몇몇은 여
전히 빈혈에 시달렸고 빈혈이 끝나기도 전에 자동차들은
해안 도로를 벗어나 벼랑 아래로 굴러떨어지기도 했네. 그
러나 아무리 질주하고 추락해도, 현기증 나는 윤회의 삶은
끝나지 않았네. 가끔씩, 정말로 가끔씩 사랑에 대하여 생
각할 때마다, 사랑은 산수유 나뭇가지 위에 열리는 초록
물고기, 바라보는 것만으로도 나는 자꾸만 어지럽고 현기
증이 났네. 노란 꽃망울을 터뜨린 산수유 나무 아래 서면
보이지 않아도 산수유 몸 속의 붉은 열매는 아름다웠지만,

문장 속의 생애는 끝나지 않고 생애 속의 문장은 여전히 읽혀지지 않았네——씨발, 난 아무것도 하고 싶지 않단 말이야, 나무들, 바람이 불 때마다 온몸을 흔들어 고독으로 가고자 하였으나 나무들, 바람이 불지 않을 때도 선 채로 그 자리에서 딱딱한 울음이 되고자 하였으나, 네 고통의 視線은 나무들이 혈관을 타고 자꾸만 나무들도 모르는 먼 곳으로 흘러만 갔네. 태양도 없는 사막의 고독을 지나서, 물방울도 없는 바다의 울음을 지나서

　　——네 고통의 視線이 다하는 날, 나는 캄캄한 흑암으로 돌아갈 유리하는 별들이라,

　　외눈의 태양이여,
　　그대의 눈이 온전히 감길 때
　　헛된 꿈도 사라지고
　　단 한번,
　　내 짧았던 사랑도 완성되리

　　그대 드디어 눈을 감는구나
　　환한 봄날,

햇살은 가루약처럼 쏟아져
風景의 한쪽을 더욱 환하게 하는데
나는 저기 저,
오랜 두통의 마루를 지나
태양의 눈을 감기러 가는 달;
보이지 않는 낮달의 긴 行列,
13,870개의 내가 그대에게로 가면
가서, 그대 깊은 품속에 안기게 되면
그대 드디어,
두 눈동자의 등불을 끄고
고요히 침묵하겠구나

내 생애 마지막 일식에 대하여
그 짧은 사랑에 대하여

뼈아픈 후회*

(창 밖에는 비가 오구 있어요, 비가 오지 않는다면 올 때까지 기다렸다가 이 글을 읽으세요, 세르쥬 갱스부르**의 이니셜 B. B라는 노래를 들으면서 읽으면 더욱 좋구요, 갱스부르의 노래가 없다면 갱들이 부르는 노래두 괜찮구요, 노래구 뭐구 글을 안 읽으신다면 더욱 좋구요)

1. 반복

보잘것없는 육신의 횡포, 하나의 천박한 영혼이 되었다. 아아 잔혹한 세월과 병든 의식들이 질병처럼 우리들의 온몸을 휩싸고 가도 가도 끝이 없는 늪지의 풍경 속에서 하나의 천박한 영혼이 되었다. 정처없이 바람이 불고 사랑을 닮은, 결코 사랑이 아닌 하나의 사건이 페스트처럼 나를 휩쓸고 지나갔다. 불온한 밤과 열병의 거리를 헤매며 그때 내가 읽었던 것은 무엇인가. 정처없이 바람이 불고 열병을 닮은 하나의 페스트 같은 사랑이 나를 휩쓸고 지나갔다. 어느 시간에서나 비린내가 나고 내 청춘의 녹슨 물고기들은 상처의 급류를 따라 거칠게 흘러갔다. 짐은 그 깊이를 알 수 없는 저마다의 심연으로 스스로 침묵해 가고 눈을 뜨면 버림받은 태양들만 몰락의 상징처럼 수고롭게 빛나고 있었다. 나는 죽을 수 있었으나 끝끝내 죽지 않고 버티었으므로, 살아가는 날들은 의무처럼 황홀한 고통으로 나를 감쌌다. 살아 있으므로 확인되는 그 많은 모순과 부조리 속에서 나는 진실로 단 하나의 사랑만을 원하였으나, 나 스스로 나를 사랑하지 못했으므로 그 어느 누구도 사랑할 수 없었다.

2. 소설

처음부터, 그 어떤, 그릇된 것에 관하여 말하려 했던 것은 아니었다. '목포'든, 아니면 '카를로바츠'였든, 나는 내 마음속에 하나의 환상의 도시를 갖고자 했고, 내 환상의 리얼리즘은 너로 인하여 의미를 획득하게 되는 그런 것이었다. 처음부터, 뒤틀린 혓바닥으로 삶의 고난을 말하려 했던 것은 아니었다. '몰락'이든, 아니면 '영겁회귀'든 고통스럽지 않은 삶이 어디 있으랴마는, 그러나, 처음부터 너에게 고통,이라는 단어를 발음하고 싶지는 않았다. 항상, 언제나 내가 꿈꾸었던 것은 '완벽한 생애의 演技' 그것 아니면 '無'.

너가, 내 삶의, 내 추억의 경계선을 넘어, 아니 내가, 너의 그 경계선을 넘어 부단히 너의 추억에 간섭하기 시작한 것은 언제부터인가. 한때는 그것이, 아아 너를 만난다는 것이 내가 地上에 존재하는 유일한 이유, 유일한 변명이기도 하였건만 왜, 소설 속에서처럼 '……그녀는 떠나고, 나는 텅 빈 천장의 심연 속으로 자꾸만 꺼져들어 갔다' 式의 한없이 유치하고 치졸한 이별이 우리에게도 어김없이 찾아왔던 것일까. 하나의 문장이 해체되고 그리하여, 하나의 세계가 어김없이 미세한 물질로 분해될 때 또한 그리하여 그때, 우리가 바라보는 세계는 혼돈인가, 견고함인가.

물결처럼 어두워져서 더욱 깊게, 출렁거리며 나를 휘감는 너, 너는 아는지? 자꾸만 삶에서 도망치려는 한 나약한 사내를, 하여 더욱 빛나는 그 사내의 비겁함을. 하나의 위대한 文章을.

처음부터, 그 어떤, '괴물 같은 고독'에 관하여 이야기하려 했던 것은 아니었다. 언덕이 있었고 그 비탈진 언덕에서 나는 여러 번 굴러 떨어졌으므로, 그 상처를 위로받고 싶었을 뿐. 너의 따스한 입술로 내 속 깊은 상처를 위로받

고 싶었을 뿐. 너의 상처를, 그 상처의 푸른 무덤을 다만
위로하고 싶었을 뿐.

3. 이륙한다는 것

어떠한 계기가 나를 찾아왔다. 그리고 붉은 입술의 노을
너머로 차갑고도 딱딱한 밤이 찾아왔다. 더 이상 내 입술
은 움직이려 하지 않고 포도주 같은 어둠 속으로 스며들었
다. 가혹한 것은 잊혀지지 않는 추억을 가지고 있다는 것
이었다. 자작나무이거나 엄나무 숲에서 도마뱀들이 자꾸만
꼬리를 끊어 던지며 푸른 여름의 기억 저편으로 사라져갔
다. 그리고 모든 것이 안녕이었다. 그러나 또다시 아침이
왔다. 태양은 어김없이 내 머리 위로 떠올라 노예의 시간
을 일러주었다. 홀로 있어도 이제는 더 이상 외롭지 않았
다. 다만 푸른 공기들 가운데 놓인, 아무도 만져 본 적 없
는 자유가 나에게 현기증을 일으켰을 뿐, 살아서 화석처럼
아득히 굳어져 가는 나의 육체는 오히려 마비와도 같은 평
화로움을 내게 일깨워주었다. 아아, 아득히 마비된다는
것, 그리하여 일체의 질투와 욕망의 혼돈 속에서 이륙한다
는 것. 오직 그 단 하나의 시간을 향하여 내가 뛰어왔고 이

제 막 그 도착지점에 이르렀다는 느낌이 내 속에 아주 깊
숙이 감추어져 있던 황홀한 자존을 나에게 알려주었다.

4. 바보들, 환생

　완벽하게 모든 것을 포기한 뒤에 오는 막막한 자유, 푸
르게 되살아 오르는 자유의 추억들, 순간순간마다 모든 것
들이 그립고 모든 것들이 한숨처럼 무섭다. 육체에 대한
경멸, 거미의 죽음, 그리고 텅 빈 공간 속에서 오로지 홀로
임을 느낄 때, 깊어져 가는 상념의 향기. 외부를 향한 고통
이 스스로의 내부를 향해 그렇게 아득한 하나의 향기로 익
어갈 때, 문득 너의 이름을 부르고 싶고, 너를 갖고 싶고.
　그러나 모든 것을 포기한 뒤에 오는 막막하고 서러운 자
유, 푸르게 되살아 오르는 자유의 추억들. 온몸에 하나도
힘이 없고 그리하여 죽을 여력마저 없을 때, 이렇게 막막
하게 나를 휘감는 것은 과연 무엇인가. 알 수 없는 평화와
도 같은 것. 짐승들의 깊은 침묵과도 같은 것. 살아 있음에
대한 경멸, 그리고 거미의 환생.

---

* 뼈아픈 후회 : 황지우 시인의 시 제목
** 세르쥬 갱스부르 : 〈이내셜 B. B〉라는 노래를 부른 프랑스 가수

푸른 돛배

탁구공 속의 푸른 돛배를 보셨나요
순간의 그 꿈꾸는 듯한 속도에 실려 출렁이는
저 푸른 돛배의 계절을 보셨나요 가을이거나
또 다른 가을의 틈새, 간혹 눈 내리는 초겨울
탁구공 같은 우주 속의 푸른 돛배를 보셨나요
흘러가거나 멈추는 것들의 영원,
그 매순간의 황홀하고도 무서운 영원 속에서
수십 장의 나뭇잎들이 몸 뒤척일 때마다
푸른 돛배로 바뀌는 신비를 보았나요
촛불 속으로 달려가고 있는 푸른 돛배
그대 무심히 내뿜는 담배 연기 속의 푸른 돛배
그 푸른 돛배가 황금의 노을로 사라질 때까지
눈감지 못하는 그대 눈동자 속의 푸른 돛배
그대 눈동자 뒷편에서 출렁이는,
푸른 돛배를 보셨나요
탁구공 속의 푸른 돛배를 보셨나요
가볍고도 아름다운 그 동그란 공기 속에서
가기도 잘도 가는 푸른 돛배 한 척

혜화동, 검은 돛배

아름다운 기억들은 폐허의 노래 같다
오후 다섯시의 햇살은 잘 발효된 한 잔의 술
가로수의 잎들을 붉게 물들인다 자전거 바큇살 같은 11월
그녀는 술이 먹고 싶다고 노을이 지는 거리로 나를 몰고
나간다 내 가슴의 둔덕에서 염소 떼들이 내려오고 있다

둥글게 돌아가는 저녁의 검은 레코드,
어디쯤에선가 거리의 악사들이 노란 달을 연주하고 있다

텅 빈 마음을 끌고 가는 깊고도 푸른 거리

하얀 돛배

　창 밖엔 눈이 내렸네, 하루 종일 눈이 내렸네, 어디에서
부턴가 눈물의 경계를 지난 눈들의 육체, 영혼도 나무들을
떠나는 이 시각에 저 눈들은 다 뭐란 말인가, 물방울이 되
지 못한, 눈물이 되지 못한 딱딱한 눈들이 쳐들어 오는 동
안, 산골짜기에서는 어린 나뭇가지들이 뚝뚝 부러졌네, 산
짐승들 굴 속에서 폭설이 멎길 기다렸네, 나는, 가스불 위
에 주전자를 올려 놓고 또다시 물이 끓기를 기다렸네, 눈이
내렸네, 주전자 속에서 폭풍우가 치고 하루 종일 마음이 고
요하게 들끓는 동안, 눈은 진눈깨비가 되어 퍼붓다가, 멎
고, 하면서 집요하게 애인처럼 내렸네, 이미 초토화된 내
추억의, 삶의 공터 위로⋯⋯ 하루 종일 하얀 돛배가,

추천 우수작

이 문 재

농업박물관 소식 외

1959년 경기 김포 출생
경희대 국문과 졸업
1982년 동인지 《시운동》에 시를 발표하며 등단
시집 《내 젖은 구두 벗어 해에게 보여줄 때》
《산책시편》 등
김달진문학상 수상

농업박물관 소식
— 식탁에서 길을 묻다

〈토지〉가 완성되던 해 여름, 박경리 선생댁에서 풋고추 한 줌 얻어왔더랬는데요, 원주 시계를 벗어나기도 전에 그 고추가 먹고 싶어 안달이 났더랬습니다, 서울로 가던 차에서 내려 아무 식당으로 들어갔지요, 식탁에 앉자마자, 막 된장부터 달라고 하지 않았겠어요, 아그작, 아, 〈토지〉가 키운 토지(텃밭)에서, 〈토지〉를 키운 토지에서 땡볕을 받고 자란 그 풋고추는 달았습니다, 달고 매웠습니다, 그날 이후로 나는 풋고추에 대하여 무척 까다로워졌습니다, 그날 먹은 풋고추만한 풋고추를 나는 아직 만나지 못하고 있습니다

나는 식탁에 앉아, 식탁에 올라 있는 것들이 내 앞에 오기까지 거쳐온 길들을 묻곤 합니다, 식탁에 올라와 있는 동식물들의 고향의 사정을 넘겨짚어 보곤 합니다, 살을 빼야 한다는 딸애에게 이 질문법은 가르쳐 주지 않고 있습니다, 이렇게 식탁에서 중얼거리다 보면, 다이어트가 아니라 아예 단식이 되어버릴 것이기 때문입니다

아, 언제 〈토지〉 풋고추 같은 아름다운 음식을 받길 수 있을까요, 21세기가 코앞이라고 합니다, 먹을거리들이 지나온 길이 투명해지지 않는다면, 그 길을 따져 묻는 일이 농작물에 대한 고마움으로 바뀌지 않는다면 그런 21세기는

오지 말아야지요

농업박물관 소식
— 목화 피다

아침을 거르고 나와서 오전 10시께 혼자 가정식 백반을 먹었습니다

왼쪽 구두코를 들어 오른쪽 바짓단 뒤에 문지르다가 어라 농업박물관 정문이 열렸길래 발길을 돌렸습니다

농업박물관이라—불과 30년 사이에 농업은 박물관으로 들어가게 되었습니다

우리 아버지가 박물관에 들어간 꼴이지요

내 아들은 학교에 들어가서 농부였던 할아버지를 농업박물관에서 관람하겠지요

농업박물관 앞뜰에는 막 목화가 벙글고 있었습니다

벙글어서 하얀 솜을 내밀고 있는 목화는 고체에서 곧바로 기체가 되는 승화처럼

보였습니다 꽃에서 곧바로 솜이 되는 꽃—우리 아버지는 목화였습니다

이 아들을 거쳐 손자에게 가지 못하고 곧바로 박물관으로 들어가신 것이지요

나는 농업박물관 안으로는 들어가지 않았습니다

혹 모르지요 내 손자가 이 할애비를 도시박물관에서 찾게 되는 날이 올지도 모르지요

목화밭 앞에서 어슬렁거리다가 회사로 들어가려는데 느

닷없이 은단이 먹고 싶었습니다

　은단—그러고 보니 가을날 오전의 햇빛이 은단처럼 반
짝이며 굴러다녔습니다

　약국 가는 길에 며칠 전 신문사에서 명예 퇴직한 선배를
우연히 만났습니다

　나는 은단을 한 움큼 집어 넣고 우두둑우두둑 씹었습니
다 또 모르지요

　나의 태어나지 않은 손자는 먼 훗날 할애비를 회사박물
관에 가서 마주치게 될지도 모릅니다

농업박물관 소식
—허수아비가 지키다

농업박물관 앞뜰에는 농업이 한창입니다
연못도 있고 물레방아도 돌아가고
원두막 한 채도 번듯합니다
밀에서 목화 콩에서 토란에 꽃잔디 자두며 벼
없는 농업이 없습니다
벼가 익어가자 농업박물관 앞뜰
작은 논에도 허수아비가 세워졌습니다

농업박물관 앞뜰에는 가을이 한창입니다
어린 아들에게 고개 숙인 벼의 한살이를
일러주던 한 아버지는 그 허수아비가
지키는 참새 떼가 무엇인지
말해 주지 않았습니다 그 허수아비가
왜 진짜 허수아비인지도
말해 주지 않았습니다

봄밤 元曉

봄밤, 봄밤이
내 목덜미 붙잡아
나 집으로 돌아가지 못한다
환장한 내 몸으로 돌아가지 못하고
화들짝 문 열고 봄 안으로도 들어가지 못하여

여기가 거긴가

못하고 못하고 또 못하여
봄밤 한길바닥
내 머리통 불쑥 뽑아내
반공중에 내다건다
연등 하나 건 듯
건듯건듯 흔들린다

봄밤 왼통 대갈통 속으로
들어간다 들어온다
연등 하나 화엄
화엄으로 화안해진다

거기가 여긴가

明 器 *

나는 苦生해서 늦게
아주 늦게
가고 싶다
가장 오래된 길에 들어

그대 저승 가서 사용할
이쁜 그릇들, 명기
무덤 안쪽에서
이승 밖에서 오래
써야 할 집기들

사람은 돌아가지만
미래는 돌아온다

사람은, 사람이 미래의
작은 부장품
나의 부장품일
이 단단한 苦生
오래된 미래

---

* 명기 : 부장품으로 쓰이는 작은 그릇들을 말한다.

夢遊桃源圖

  구두 닦아 신고 몽유도원도 보러 간다 夢 遊, 전광판 뉴
스에 대통령이 지나가고 핵쓰레기는 북으로, 북으로 간다
한다 정자는 갈수록 감소하고 양과 원숭이가 복제되었다
한다 夢 遊桃源

  그리움 남아 있던 마음자리 부스럼도 나지 않고 복사꽃
만발, 복사꽃잎 아, 난분분 먼 남동풍 냄새 어질머리……
나 어린 시력을 물들이던 정경들은 아예 유전자에서 지워
져 버렸나 보다
  그래, 시간에서 단맛 다 빠져나간 지 언제인가 이미 오
래, 오래되어서 또 오래된 것들

  보옴—이라고, 오랜만에 입술 오므려 발음해 보는데,
봄, 이 봄은 무성음이구나 夢 流

  오백여 년 지나 해협을 건너온 비단 채색 속으로 걸어,
구두 벗고 들어가려는데 내가 나를 찾아가는 길 내 桃源으
로 깃드는 데에는 또 얼마나 무진 시간이 걸릴 것인가 싶
다가도 세간의 얇고 가볍고 반짝이고 또 깜박거리는 물질
의 흡인력은 치명적, 그리하여 호출기는 허리에, 핸드폰은

안주머니에 넣고 여벌 건전지도 두엇, 흠흠, 헛기침, 夢

　遊, 圖 맨 왼쪽 하단부, 늙고 지쳐서 만만한, 그래서 두
엄내음도 언뜻, 종다리도 종달 드높고 늙은이들 발 밑에서
오매, 돋는 보리 새순아, 어려서 비린 것들이여, 遊, 달떠,
오랜만에 달떠 풍경의 거적을 휘익, 들어올리는데

　가까운 산은 낮고 먼 산 높다 먼 산 높아 먼 하늘 더 푸
르구나 夢 遊, 夢 遊桃源, 遊桃源, 桃源—하려는데 비단은
비단 채색은 시간의 풍화 앞에서 지린내를 풍기기도 하였
다

　풍경의 거죽을 들어올렸던 죽장을 처억, 하니 왼발 앞에
놓으려는데, 어디선가 한 목소리가 들려오는데, 그 목소리
는 몽유도원도의 도에다 방점을 딱, 찍는 목소리였는데,
쉬어터지고 갈라져 질량이 없는 먼 남동풍 중에서 저녁 나
절에 가까운 실낱 같은 목소리였는데, 귀청이 아니라 골수
로 직접 파고드는 목소리였는데, 당초에는 어딘가 간지럽
기도 했다

허, 거 그 양반…… 풍속의 거죽을 걷어올려야지, 라고
圖가 일렀다 내 게으른 夢 화답하기를 ; 이 圖야, 그 거죽
을 누가 모르는다? 圖는 어서 물렀거라, 하며 기선을 제압
하렸는데, 어, 圖는 미동도 하지 않는다

다시 夢 ; 커흠 난 말이올시다, 이녘 같은 圖를 박박 찢
어발긴 다음에 고개 바짝 치켜들고 그것을 즈려밟아야 생
애가 사뿐해진다고 깨달은 바 있는, 뭐랄까, 근본주의자라
이 말씀이란 말씀이다. 말씀! 夢, 夢遊

다시 죽장 들어 도원 가는 초입에 들려는데, 쯧쯧, 딱한
지고, 하며 圖가 들려온다 ; 큰일낼 위인이로고! 아직 뭘
몰라도 새카맣게 모르는 까막눈이로고…… 내 말을 담아
둘 귀 한쪽은 있으신가…… 圖 즉 眞이거늘

내 夢의 따귀가 아려왔다 ; 圖 즉 刀? 圖 즉 道? 하며 늙
은 풍경을 뒤로 하고 도의 제2경으로 들려 하는데, 어,
어? 어허! 죽장이 가리킬 길이 없네. 도원에 드는 길 圖 안
에 없는 것이네, 도원에 드는 길 圖 밖으로 잘려나가 있네,
세상 밖으로 지워져 있네, 圖는 나 같은 세간의 출입을 거
부한 것이네

나 圖 안에서, 圖 안에 갇혔네
계곡 건너, 폭포 지나 도원 제4경, 복숭아밭 한가운데 조
각배 타보기도 전에 나 圖 안에서 길 잃고 갇혀 있네
圖 밖에서 圖 안으로 한 걸음도 들어가질 못했네

만산홍엽

나 이제 도망가는 법 알았다
집 떠날 필요 없다
가만히 앉아서 모든 전원을 끌 것
파워 오프

고개 들어 먼 산 바라보니
만산홍엽
빨갛게 불을 켠 나뭇잎들이
스스로 전원을 끄고 있다

내 안에 조금씩
전기가 고이고
밤이 오고 아침 온다
그러고 들여다보니
나 아주 오래된 수력발전소

저 아래 중력의 끝이 보이고
만산홍엽의 빈 데가 커지고
한 칸씩 뛰어오르는
물방울들의 그늘들

밖의 전원은
더 오래 끈 채로 두자
지금은 땅 위는 겨울
몸의 안쪽도 혹한
파워 오프—
꺼진 채 기다리자
기다리되 보다 높아져서 기다리자

기수상 시인우수작

문정희

그 많던 여학생들은 어디로 갔는가외

1947년 전남 보성 출생
동국대 국문과 및 동대학원 졸업
1969년 《월간문학》을 통해 등단
시집 《꽃숨》《문정희 시집》《새떼》《찔레》
《아우내의 새》《별이 뜨면 슬픔도 향기롭다》
《남자를 위하여》 등
제11회 소월시문학상, 현대문학상 수상

그 많던 여학생들은 어디로 갔는가

학창 시절 공부도 잘하고
특별활동에도 뛰어나던 그녀
여학교를 졸업하고 대학입시에도 무난히
합격했는데 지금은 어디로 갔는가

감자국을 끓이고 있을까
사골을 넣고 3시간 동안 가스불 앞에서
더운 김을 쏘이며 감자국을 끓여
퇴근한 남편이 그 감자국을 15분 동안 맛있게
먹어치우는 것을 행복하게 바라보고 있을까
설거지를 끝내고 아이들 숙제를 봐주고 있을까
아니면 아직도 입사원서를 들고
추운 거리를 헤매고 있을까
당후보를 뽑는 체육관에서
한복을 입고 리본을 달아 주고 있을까
꽃다발 증정을 하고 있을까
다행히 취직을 해 큰 사무실 한켠에
의자를 두고 친절하게 전화를 받고
가끔 찻잔을 나르겠지
의사부인 교수부인 간호원도 됐을 거야

문화센터에서 노래를 배우고 있을지도 몰라
그리고는 남편이 귀가하기 전
허겁지겁 집으로 돌아갈지도
그 많던 여학생들은 어디로 갔을까
저 높은 빌딩의 숲, 국회의원도 장관도 의사도
교수도 사업가도 회사원도 되지 못하고
개밥에 도토리처럼 이리저리 밀쳐져서
아직도 생것으로 굴러다닐까
크고 넓은 세상에 끼지 못하고
부엌과 안방에 갇혀 있을까
그 많던 여학생들은 어디로 갔는가

나목을 위하여

남자를 위하여 옷을 입는다고?
아니지
나는 남자를 위하여
옷을 벗은 적은 있지

그러나 감히 급진적이지는 못했어
푸른 입술로 사운거렸지만
뿌리를 한 치도 벗어나지 못했으니까

씨방이 생긴 뒤로는
유산이 두려워 하늘 향해
두 팔을 힘껏 내저었지

그런데 이제 와서
이 무슨 뜻하지 않는
해탈이냐? 해방이냐?

가을 바람 불자, 일제히 세상 여자들
나체로 지상에 뿌리내리고
저 매서운 동토를 향해 도발적으로
대결의 자세를 취하는 것은

머리감는 여자

가을이 오기 전
뽀뿔라로 갈까
돌마다 태양의 얼굴을 새겨놓고
햇살에도 피가 도는 마야의 여자가 되어
검은 머리 길게 땋아내리고
생긴 대로 끝없이 아이를 낳아볼까
풍성한 다산의 여자들이
초록의 밀림 속에서 죄없이 천 년의 대지가 되는
뽀뿔라에 가서
야자잎에 돌을 얹어 둥지 하나 틀고
나도 밤마다 쑥쑥 아이를 배고
해마다 쑥쑥 아이를 낳아야지

검은 하수구를 타고
콘돔과, 감별당한 태아들과
드러내 버린 자궁들이 떼지어 떠내려가는
뒤숭숭한 도시
저마다 불길한 무기를 숨기고 흔들리는
이 거대한 노예선을 떠나
가을이 오기 전

뽀뿔라로 갈까
맨 먼저 말구유에 빗물을 받아
오래오래 머리를 감고
젖은 머리 그대로
천 년 푸르른 자연이 될까

가지 않은 길

무심히 저녁 신문을 보던
내 손이 비명을 질렀다.
그 이름,
부음난에 박힌
만난 지 20년도 더 넘은 그 남자가
오늘 새벽 별세했다 한다.
어느 봄날, 나하고 선본 적이 있는 남자
우리집 거실에서 오빠와 바둑을 두다가
찻잔을 들고 들어간 나의 종아리를
슬쩍 쳐다보고는
이마에 송알송알 땀이 배던 남자
끝내 가지 않은 길, 저쪽에 서 있던
이제는 얼굴도 기억 안 나는 수줍은 흑백사진
나는 말없이 석간신문을 옆으로 밀쳤지만
밤하늘 같은 나의 추억 속으로
새로이 과부의 별자리 하나가
자리잡는 소리를 깊고 서늘하게 듣고 있었지.

가을 우체국

가을 우체국에서 편지를 부치다가
문득 우체부가 되고 싶다고 생각한다
시인보다 때론 우체부가 좋지
많이 걸을 수 있지
재수 좋으면 바닷가도 걸을 수 있어
낙엽 위를 은빛 자전거의 페달을 밟고 달려가
조요로운 오후를 깨우고
돌아오는 길, 산자락에 서서
이마에 손을 동그랗게 얹고
지는 해를 한참 바라볼 수 있지

시인은 늘 앉아만 있기 때문에
어쩌면 조금 뚱뚱해지지

가을 우체국에서 파블로 아저씨에게
편지를 부치다가 문득 시인이 아니라
우체부가 되고 싶다고 생각한다
시가 아니라 내가 직접
크고 불룩한 가방을 메고
멀고 먼 안달루시아 남쪽

그가 살고 있는
매혹의 마을에 닿고 싶다고 생각한다

정호승

내가 사랑하는 사람의

1950년 대구 출생
경희대 국문과 및 동대학원 졸업
1973년 《대한일보》 신춘문예로 등단
시집 《슬픔이 기쁨에게》 《서울의 예수》
《새벽편지》 《별들은 따뜻하다》
《사랑하다가 죽어버려라》 등
제3회 소월시문학상, 동서문학상 수상

내가 사랑하는 사람

나는 그늘이 없는 사람을 사랑하지 않는다
나는 그늘을 사랑하지 않는 사람을 사랑하지 않는다
나는 한 그루 나무의 그늘이 된 사람을 사랑한다
햇빛도 그늘이 있어야 맑고 눈이 부시다
나무 그늘에 앉아
나뭇잎 사이로 반짝이는 햇살을 바라보면
세상은 그 얼마나 아름다운가

나는 눈물이 없는 사람을 사랑하지 않는다
나는 눈물을 사랑하지 않는 사람을 사랑하지 않는다
나는 한 방울 눈물이 된 사람을 사랑한다
기쁨도 눈물이 없으면 기쁨이 아니다
사랑도 눈물 없는 사랑이 어디 있는가
나무 그늘에 앉아
다른 사람의 눈물을 닦아주는 사람의 모습은
그 얼마나 고요한 아름다움인가

목 련

목련은 피고 아들은 죽었다
진홍가슴새의 가슴에 피가 흐른다
흰나비 한 마리가 눈물을 떨구고 간다
나는 고속도로 분리대 위에 쓰러져 잠이 든다
술취한 마음은 찢겨져 갈기갈기 도마뱀처럼 달아나고
고맙게도 새벽에는 봄비가 내린다
아들은 잡놈이었다
봄비를 맞으며 서둘러 서울로 도망간
무엇을 위하여 죽어야 할 줄도 모르고 죽은
아들은 잡놈이었다
꽁초를 찾아 불을 붙인다
고속도로 분리대 위에 다시 드러눕는다
사람들은 쓸쓸하지 않으면 담배를 피우지 않는다
이제 내 가슴에 아들을 묻을 자리는 없으나
아버지는 항상 아들을 용서해야 한다
비는 그치고 고속도로는 안개에 싸인다
낡은 트럭이 푸성귀 몇 점을 떨어뜨리고 달아난다

개 미

달빛 아래 개미들이 기어간다
한평생 잠들지 못한 개미란 개미는 다 강가로 나가
일제히 칼을 간다
저마다 마음의 빈자리에 고이 간직한 칼을 꺼내어
조금도 쉬지 않고 간다
달빛은 푸르다
강물소리는 들리지 않는다
개미들이 일제히 칼끝을 치켜세우고
자기의 목을 찌른다

聖 衣

자정 넘은 시각
지하철 입구 계단 밑
냉동 장미 다발이 버려져 있는
현금 인출기 옆 모서리
라면 박스를 깔고
아들 둘을 껴안은 채
편안히 잠들어 있는 여자
가랑잎도 나뒹굴지 않았던
지난 가을 내내 어디서 노숙을 한 것일까
온몸에 누더기를 걸치고
스스로 서울의 감옥이 된
창문도 없는 여자가
잠시 잠에서 깨어나 옷을 벗는다
겹겹이 껴입은 옷을 벗고 또 벗어
아들에게 입히다가 다시 잠이 든다
자정이 넘은 시각
첫눈이 내리는
지하철역 입구

소록도에서 온 편지

팔 없는 팔로 너를 껴안고
발 없는 발로 너에게로 간다
개동백나무에 개동백이 피고
바다 위로 보름달이 떠오르는 밤
손 없는 손으로 동백꽃잎마다 주워
한 잎 두 잎 바다에 띄우나니 받으시라
팔 없는 팔로 허리를 두르고
발 없는 발로 함께 걷던 바닷가를
동백꽃잎 따라 성큼성큼 걸어오시라

시인 안도현과 그의 작품세계

수상 소감
안도현/존재의 '골'을 때리는 시를 위하여

■

문학의 길을 가는 자전적 에세이
안도현/인간다운 삶을 꿈꾸게 하는 시의 힘을 믿으며

■

시인 안도현을 말한다
도종환/늘 강물처럼 출렁이는, 물푸레나뭇잎처럼 푸른

■

안도현의 작품세계
구모룡/생명의 그물과 같은 시

존재의 '골'을 때리는 시를 위하여

—제 시쓰기의 방법이나 목적은 모든 이분법을 무화(無化)시키는
일이라 할 수 있습니다. 이 또한 남루라면, 저는 남루를 재산으로
삼고 살아갈 도리밖에 없겠습니다.

안 도 현

■ 주눅들 수밖에 없는 소월시의 천재성

내 시는 지금부터가 시작이라는 생각으로 시 쓰는 일에
더 시간과 마음을 쏟아 부으려던 참에 수상 소식을 들었습
니다. 이 봄날 가지 끝에 잎보다 먼저 꽃을 매달고 세상을
터뜨리는 살구나무처럼 저는 잠시 화사해졌더랬습니다. 그
러나 이내 들뜬 저 자신을 나무랐습니다. 지가 무슨 봄꽃
이라고! 지가 누릴 봄날이 길어 봤자 얼마나 길다고!

그립다
말을 할까
하니 그리워

그냥 갈까
그래도

다시 더 한 번……

소월의 시 〈가는 길〉의 앞부분이지요. 제가 평소에 자주
입 안에 넣고 웅얼거리는 대목인데, 이 가락의 흉내낼 수
없는 천재성 앞에서 저는 또 주눅이 들지 않을 수 없습니
다. 여기에 비하면 저의 시는 가락은커녕 아직 젓가락 장
단도 제대로 못 맞추는, 시디신 풋살구일 뿐입니다.

■ 모든 이분법을 무화시키는 일이 내 시쓰기의 목적
저는 제 시의 남루를 누구보다 잘 알고 있습니다. 가령
한 편의 시를 쓰는 일이 옷을 짓는 일이라고 한다면, 저는
옷의 대강의 형태가 채 드러나기도 전에 옷감을 붙들고 바
느질부터 시작합니다. 그러다 보면 수없이 많이 꿰맨 자국
이 흉하게 드러나고, 그 바늘 자국을 지우려고 저는 아등
바등 또 수없이 많은 바느질을 하게 됩니다. 나중에 완성
된 옷은 오랜 바느질 덕분에 물론 매끈하게 빠지지요. 그
게 오히려 저의 남루라는 걸 압니다.
어디 그뿐인가요. 가능하면 갈등보다는 화해의 편에 시
를 세워 두는 것, 복잡하고 미묘한 것보다는 되도록 단순
한 것을 찾아 나서는 것, 게다가 도시 한복판으로 선뜻 발
을 옮기는 것을 두려워하고, 거대 도시를 시 속으로 불러
들이는 것도 께름칙하게 여기는 것, 남들이 새롭다고 떠받
드는 형식이며 사상을 쉽게 받아들이지 못하는 것, 기상천
외한 상상력의 나라를 만들지 못하는 것, 그런 것도 모두
저의 남루에 속하는 일입니다.

저는 시를 쓰면서 어느 쪽이든 극단으로 가지 않으려고 무척 애를 쓴 게 사실입니다. 그러다가 양쪽에서 돌멩이가 날아온다고 해도 말이지요. 제 시쓰기의 방법이나 목적은 모든 이분법을 무화(無化)시키는 일이라 할 수 있습니다. 이 또한 남루라면, 저는 남루를 재산으로 삼고 살아갈 도리밖에 없겠습니다.

■ '존재의 골을 때리는 시'를 쓰고 싶은 소망

시로써 세상을 바꿔 보려고 꿈꾸었던 적도 물론 있었습니다. 지금 와서 무슨 회한의 노래를 부르려는 것은 아닙니다. 시든 숟가락이든 나무토막이든 그것으로 세상을 바꿔 보겠다는 꿈 한 번 꾸지 않은 삶이 있다면 그것이야말로 가련한 삶이 아닐는지요. 다만 저로서는 뜨거운 사막을 건너 본 자의 발바닥이 먼 길을 걸어가도 부르트지 않는다는 말로 스스로 위안을 삼으면서 지난날을 아프게 되새김질할까 합니다.

어린 시절, 문학을 같이 공부하던 동무들에게 농담처럼 이렇게 말하곤 했습니다. 나는 앞으로 '존재의 골을 때리는 시(너무 저속한 표현이라 해도 할 수 없습니다. 이보다 더 실감나는 말을 알지 못하니까요)'를 쓰겠다고. 이제부터 정말 그런 시를 쓰고 싶습니다.

끝으로 이 상을 저는 문학사상사와 심사위원 선생님들께 갚아야 할 빚이라고 생각합니다. 상환 날짜를 여기에 밝혀 적지는 못하겠지만, 꼭 갚아 드리도록 노력하겠습니다.

안동에 홀로 계시는 어머니와 내 시의 비판적 지지자인

사랑하는 아내, 그리고 아이들이 기뻐하는 모습이 보기 좋아서 이 봄날이 환합니다.

인간다운 삶을 꿈꾸게 하는 시의 힘을 믿으며

—나는 시의 힘을 믿는다. 인간이 좀더 인간다운 삶을 꿈꾸는 한,
시인은 시가 가진 창조적인 기능, 즉 시라는 형식이 아니고서는
말할 수 없는 어떤 부분을 드러내기 위해 밤을 새울 것이다.

안 도 현·

■난 시 '쓰는' 것보다 '만드는' 걸 먼저 배운 후천성 시인

작년에 다섯 번째 시집 《그리운 여우》를 냈을 때, 시집
뒤표지에다 김용택 형은 이렇게 한 말씀 보태 주었다.

"안도현은 타고난 우리 땅의 서정 시인이다."

그러나 이 말은 과찬이라기보다는 허구에 가깝다. 같은
동네에 사는 막역한 사이의 후배를 추켜세우기 위한, 사실
과 전혀 무관한 수사일 뿐이다. 나는 스스로를 타고난 시
인이라고 생각해 본 적이 한 번도 없다. 내가 정말로 타고
난 시인이라면, 적어도 한 편의 시를 쓰기 위해 끙끙대며
수십 번의 퇴고 과정을 거치지는 않을 것이며, 서점 잡지
대 앞에 서서 직원의 눈치를 봐가며 매달 문예지에 발표되
는 시들을 거의 다 읽을 필요도 없을 것이다. 그도 저도 아
니라면 내가 태어나기 전에 우리 어머니가 한 번쯤 붓이나
벼루가 등장하는 태몽이라도 꾸었어야 했다.

이런 말이 있는지 모르겠지만, 나는 후천성 시인이다. 시를 '쓰는' 것보다 '만드는' 것을 먼저 배웠고, '만드는' 데 열중하다 보니까 '쓰는' 시도 가끔씩 생겨나게 되었다. 그리고 내가 병아리처럼 시를 따라다니다 보니까, 나중에는 시가 나를 요만큼 키워 놓은 것 같기도 하다.

■고등학교 문예반 시절—도광의 선생님과의 만남

1977년 봄, 대구 대건고등학교 1학년이던 나는 문예반에 들어가려고 용기를 내어 문예실을 찾아갔다. 거기에는 박덕규, 권태현, 하응백과 같은 면접관들이 어깨를 떡 벌리고 앉아 있었다. 중학교는 어디를 졸업했느냐, 중학교 다닐 때 백일장에서 상 받아 본 적이 있느냐, 어떤 작가를 좋아하느냐 따위의 아무런 형식도 갖추지 않은 면접 시험을 거친 뒤 나는 무사히 문예반원이 되었다. 앞으로는 문예반원이라는 명칭보다 '태동기문학동인회'의 동인이라는 표현을 써야 한다고 선배들은 나에게 근엄하게 주문하였다. 그저 《백조》니 《창조》니 하는 우리 문학사를 수놓았던 아련한 문학 동인 이름만 알고 있던 나로서는 하루 아침에 대단한 문사가 된 느낌이 들지 않을 수 없었다. 더욱이 태동기란, 포유동물이 어미의 뱃속에서 꿈틀대는 시기라는 설명을 듣고는 그 의미심장한 이름 앞에서 숙연해지기까지 하였던 것이다.

나는 그때 처음으로 도광의 선생님의 이름을 선배들한테서 들었다. 한번은 습작 노트를 들고 교무실에 계시는 선생님을 찾아 뵌 적이 있었다. 내가 쓴 시들을 한참 들여다

보시던 선생님은 아무 말씀이 없으셨다. 나는 슬그머니 불안해지기 시작했는데, 선생님은 내 노트에다 빨간 볼펜으로 밑줄을 긋기도 하고 수많은 가위표와 동그라미들을 그리기 시작하였다. 선생님의 빨간 볼펜이 내 노트에 적힌 시에 닿을 때마다 나는 생살이 베어지는 것 같은 지독한 아픔을 느껴야 했다. 스무 줄짜리의 시가 열 줄도 채 남지 못하고 앙상하게 뼈만 남는가 하면, 선생님의 볼펜 끝에서 아예 자신의 숨소리를 놓아 버리는 시들도 생겨났다. 내가 밤을 하얗게 보내면서 고치고 또 고치고 해서 들고 간 시가 무참하게 찢어졌다는 생각에 아예 시쓰기고 뭐고 다 포기해 버릴까 하는 자포자기의 마음도 들었던 게 사실이다.

그러나 지금 와서 생각해 보면, 그날의 비참함이 나에게 없었다면 나는 언어를 함부로 남발하거나 혹사시키는 언어의 난봉꾼이 되었을지도 모른다. 모름지기 시인이란, 언어를 다스리면서도 언어로부터 다스림을 당하는 자가 아니던가.

■시인을 향한 열정 하나로 갔던 전라도에서 마주친 현실

고등학교 시절부터 시작된 문학을 향한 '병'은 좀처럼 아물지 않았다. 아니 그 병은 날이 갈수록 더 깊어졌고, 새로운 합병증까지 만들어 내고 있었다. 1980년, 나는 시인이 되겠다는, 그야말로 치기 어린 열정 하나로 호남선 열차를 탔고, 만경강이 흐르는 전라도 땅 익산역에 내렸다.

풋내기 문학청년에게 다가온 현실은 감당해 내기 벅찬 것이었다. 입학과 함께 닥쳐온 이른바 학원자율화의 함성

과 광주와 계엄령과 절대 침묵의 시간들을 나는 처음엔 정면 돌파하지 못하고 지냈다. 12년 동안 제도 교육의 울타리 안에서 길들여진 나약한 영혼은 어디 마땅히 깃들일 곳을 찾지 못한 채 방향 없는 책읽기와 술 마시기로 세월을 넘기고 있었다. 시인이 되겠다는 알량한 꿈 하나도 없었다면 나는 거기서 사정없이 무너져 내렸을지도 모른다.

지금도 생각난다. 시국에 대해 열변을 토하던 선배들의 목소리, 장갑차가 진을 치고 있던 정문 앞에서 착검한 계엄군에게 이유도 없이 두드려 맞던 일, 김민기의 〈아침이슬〉을 소리 죽여 부르거나 이영희의 《전환시대의 논리》며 김지하의 《황토》 복사본 같은 판금 서적을 돌려 가며 읽던 일, 교련 시간에 결석하고 학군단에 찾아가 빌던 일, 학적부에 수없이 찍힌 '권총들' …… 그 속에서 나는 이 세상을 단순히 열정 하나로는 살 수 없다는 것을 조금씩 배워 가고 있었다.

■ 불확실한 젊은 날의 일기장 같은 첫 시집

첫 시집의 표제시인 〈서울로 가는 全琫準〉이 《동아일보》 신춘문예에 당선이 된 후, 지금은 작고한 전주의 박봉우 시인은 나를 만날 때마다, 어이 전봉준, 하면서 애칭으로 내 이름을 '전봉준'으로 부르곤 했다. 불우한 한 민족시인의 눈에는 전봉준 어쩌고 하면서 머리를 내민 나이 어린 후배가 참 기특하게 보였던 모양이다.

그러나 박봉우 시인의 자상한 기대와는 달리 이 시를 쓰게 된 계기는 전적으로 한 여자를 만났기 때문이었다. 햇볕이 유난히도 맑은 봄이었던가, 어떻게 어떻게 해서 그녀와 나는 그만 눈이 맞아서 들길이며 술집이며 자취방을 엉덩이에 뿔난 송아지 마냥 쏘다녔는데, 그녀는 나와 같은 학교의 국사교육과에 다니는 처녀였다. 나는 늘 한두 권의 시집을 들고 다녔고 그녀의 손에는 우리 역사와 관련된 책들이 들려져 있었다.

나는 그녀에게 적극적으로 접근하는 방법의 하나로 닥치는 대로 그녀의 책들을 빌려 보기 시작했다. 특히 우리 나라 근현대사를 주체적인 시각으로 정리한 책들을 재미있게 읽었는데, 어느 날 재일 사학자 강재언이 쓴 《한국근대사》가 내 손에 들어왔다. 그 책을 다 읽고 책장을 덮었을 때 책의 뒤표지에는 한 장의 조그마한 사진이 붙어 있었다. 그 사진을 설명하는 짤막한 한 마디, "서울로 압송되는 전봉준"을 내 노트 한쪽에 또박또박 적어 두었더니 얼마 후에 어렵지 않게 한 편의 시가 되었다.

첫 시집 《서울로 가는 全琫準》은 등단이라는 형식적 절차를 통과하기 이전의 시들이 거의 절반을 차지하고 있다. 그 무렵에는 시를 쓰려고 볼펜을 잡으면 꽃 피는 봄 대신에 눈 내리는 겨울이 먼저 떠올랐고, 꼼짝 않고 누워 있는 들판 대신에 들판을 태우며 가는 들불이 선하게 떠오르곤 했다. 그런데 시집 전체의 정서보다 시집의 제목이 한 발 앞서 간 것은 아닌가, 그래서 하나의 잘 익은 과일이라기보다는 풋과일처럼 떫은 맛이 군데군데 많이 나는 것은 아닌가. 첫 시집은 뜨거운 결의에 차 있으되 결의의 대상이 불확실한 내 젊은 날의 일기장 같다는 생각이 든다.

■ 어른동화를 첩으로 뒀지만 조강지처인 시를 홀대할 순 없다

《모닥불》《그대에게 가고 싶다》《외롭고 높고 쓸쓸한》을
거쳐 《그리운 여우》를 내는 동안 나는 무엇보다 아이들을
가르치는 교사였다. 퇴근 후에 어김없이 선술집을 찾던 평
교사였다가, 뜨겁게 달구어진 해직 교사였다가, 불꽃을 치
지직 끄고 숨을 고르던 복직 교사였다. 좋은 시인이 되는
것보다 좋은 교사가 되는 게 더 시급하고 중요한 일이라고
여기던 시절, 나는 기꺼이 방구들을 데우고 국물을 끓여
준 뒤에 하얀 재로 남는 연탄이 되기를 원했다. 내가 쓰는
시도 그런 연탄과 같은 뜨거움을 간직해 주었으면 싶었다.

그런데 1997년 봄, 나는 가르치는 일보다 오직 글 쓰는
일에 매달리겠다는 각오로 교직을 그만두었다. 나 혼자만
전쟁터에서 쏙 빠져 나온 것 같아서 마음이 많이 아팠지
만, 그동안 내가 문학이라는 이름으로 쌓고 무너뜨려 온
모든 것들을 근원부터 다시 점검하는 기회로 삼기로 하였
다. 그리고 혹시 현실에 안주할지도 모르는 나 자신을 벌
판 한가운데로 내팽개쳐 보자는 속셈도 없지 않았다. 어떤
이들은 요 몇 년 사이에 쓴 《연어》나 《관계》와 같은 '어른
을 위한 동화' 쓰기에 재미를 붙인 게 아니냐고 미심쩍은
눈총을 보내 오기도 했지만, 나는 소설가도 아니고 동화작
가는 더더구나 아니다. 나는 시인으로서 그런 글을 썼을
뿐이다. '어른 동화'를 행복하게도 첩으로 두기는 했지만,
조강지처인 시를 어떻게 홀대할 수 있단 말인가.

그렇다. 나는 어제도 오늘도 내일도 오로지 시인이다.

나는 시의 힘을 믿는다. 더러 말하기 좋아하는 이들이

시의 위기와 종말론을 꺼내 보인다는 것을 안다. 하지만 인간이 좀더 인간다운 삶을 꿈꾸는 한, 시인은 시가 가진 창조적인 기능, 즉 시라는 형식이 아니고서는 말할 수 없는 어떤 부분을 드러내기 위해 밤을 새울 것이다.

늘 강물처럼 출렁이는, 물푸레나뭇잎처럼 푸른

─그런 안도현을 이십대에 만나 본 사람은 그에게서 푸른 강물 소리 같은 것을 들었고 꽃나무로 치자면 물푸레나무과에 속하는 4월의 수수 꽃다리 같은 풋풋한 아름다움과 짙은 향기를 느끼곤 했다.

도 종 환(시인)

■푸른 강물 같은 시인

안도현은 강물 같은 시인이다. 몸 속에 강물이 출렁이며 흘러 그 속에 은어떼 같은 맑은 감수성이 살아 움직이고 있는 시인이다. 그의 시에 나오는 대로 이야기하면 "외로운 세상의 江岸에서/문득 피가 따뜻해지는 손을 펼치면/빈 손바닥에 살아 출렁이는 강물"을 지니고 있는 시인이다.

경상북도 예천의 내성천 물줄기가 앞서거니 뒤서거니 흘러 낙동강에 이르는 동안 강물이 몸 속으로 스며 물줄기가 한 줄씩의 시로 바뀌어져 흘러 나오던 시인이다.

그 강물 속에는 어린 날의 눈물과 아버지의 등줄기에 흐르던 땀이 모여 때론 애틋한 그리움이 되고 때론 회초리가 되어 종아리에 감기던 그런 강을 지닌 시인이다.

그가 스물두 살 되던 해 홀연히 세상 뜨신 농사꾼 아버지가 눈발로 이 세상에 오시는 날이면 아버지의 푸스스한 영혼 안타까이 사라질까 봐 몸 전체가 강물이 되어 땅에 엎드리는 시인이다. 그런 한이 깊어서 그런지 경상도에서 태어나 전라도에 와서 공부하고 거기 눌러 살면서 만경평야에 나가 전봉준의 상투와 이름 없는 들꽃들을 만나 강물이 어느 날 "옥빛 대님을 홀연히 풀어 헤치고/서해로 출렁거리며 쳐들어 갈 것을" 예감하던 시인이다. 동진강 물결 소리 속에서 "척왜척화 척왜척화" 하는 역사의 소리를 들을 줄 아는 시인이다.

소년 시절부터 강물처럼 쏟아져 나오던 시들로 수십 개의 각 대학 문학상이나 학원문학상을 휩쓸고 스물한 살에 〈낙동강〉으로 《대구매일》 신춘문예에 당선되고 스물네 살에 《동아일보》 신춘문예에 당선되어 세상 사람들을 놀라게 한 시인이다.

그런 안도현을 이십대에 만나 본 사람은 그에게서 푸른 강물 소리 같은 것을 들었고 꽃나무로 치자면 물푸레나무과에 속하는 4월의 수수꽃다리 같은 풋풋한 아름다움과 짙은 향기를 느끼곤 했다. 작지만 빛나는 이파리와, 거기 피어 있는 것만으로도 향기가 온 고을에 퍼지는 수수꽃다리 같은 느낌을 주는 시인이었다.

■아이들이 울면 같이 엎드려 울던 국어선생

그런 안도현 시인이, 이리중학교 선생을 하던 이십대 후반의 안도현 선생이 그만 전교조 해직 교사가 되어 거리로 쫓겨났을 때 나는 안도현이 풋풋한 내음과 여린 이파리만을 가진 시인이 아니라 대추나무 같은 야무진 속내를 가진 시인이란 걸 알게 되었다.

물론 〈서울로 가는 전봉준〉이나 〈젊은 북한 시인에게〉 같은 시를 통해 튼튼한 역사의식을 지니고 있고 분단된 이 나라 현실 때문에 괴로워하는 시인이란 걸 알고는 있었지만 거리의 교사가 되어 살아가는 일은 마음만 갖고 결단할 수 있는 일은 아니었다. 그 당시 해직 교사 중에는 국어선생이 많았고, 시인이 많았다. 심성이 여린 탓에 교육현장의 갈등과 모순을 더 견디기 힘들어 했던 게 아닌가 싶다. 이광웅, 김진경, 배창환, 조재도, 정영상, 김시천, 안도현 등등 수십 명이 넘었다. 나 역시 마찬가지였다. 그때 우리들은 교육문예창작회라는 모임을 만들어 우리들이 겪었던 이야기를 이른바 교육시라는 이름의 시로 쓰거나 창작 동화로 써냈고 '참교육을 위한 시와 노래의 밤'이란 이름의 문화공연을 만들어 전국 주요 도시를 돌았다. 그렇게 몰려다니며 우리가 옳다고 믿는 것들을 알리기 위해 동분서주했고 그 와중에 우리들 중에서도 더 여리고 견디기 힘들어 했던 이광웅, 신용길, 정영상 시인을 먼저 보내야 했다. 싸움의 와중에 병을 얻어 세 시인이 일 년이 멀다 하고 세상을 뜨는 동안 나머지 해직 교사 시인들은 정서적으로 더욱 가깝게 묶여지게 되었다.

안도현 시인은 푸른 과일나무가 되고 싶어했다. "팔과 어깨에 마구 아이들이 주렁주렁 매달리는" 그런 나무가 되고 싶어했다. 그 과일 하나하나가 모두 "어린 조국"이어서 그들이 모두 좋은 열매로 익어가는 나라를 꿈꾸는 교사 시

인이었다. 말하기 시험시간에 약 한 첩 못 써보고 돌아가
신 제 아버지 이야기를 하다 아이들이 울면 같이 엎드려
우는 국어선생이었다.

"점심시간이면 김치냄새가 우리를 적시는 교실에서 / 손
목과 발목이 굵어지는 운동장에서 / 추운 아침에 서로 뿜어
주는 입김 속에서…… / 이 뜨거운 조국의 한복판에서" "무
명의 찬란한 길을 가리라" 던 교사시인이었다. 그러나 그는
부끄러움과 죄의식을 견디지 못하고 "반역이 사랑이 되고 /
힘이 되는" 길을 선택했다. 그리고 그 선택의 대가로 모진
고생을 했다.

"구두를 신으면서 아내한테 차비 좀, 하면 / 월말이라 세
금 내고 뭐 내고 해서 천 원짜리 몇뿐이라는데 / 사천 원을
받아 들고 바지주머니 속에 짤랑거리는 동전이 얼마나 되
나 / 손을 슬쩍 넣어 본다…… / 나는 갑자기 쓸쓸해져서 / 오
늘 점심은 라면으로나 한 끼 때울까 생각한다." 그래서 결
국 아내를 울리고 전교조에서 나오는 한 달 생계비 31만 원
으로 5년을 살았다. 그것도 봉급에서 만 원씩 쪼개서 덜어
준 선생들을 생각하며 가슴 쓰려하며 살았다.

그 돈 받으며 "어떤 날은 굴비도 팔고 연하장도 팔며" 학
교 방문을 했다. 그렇게 지켜 낸 깃발을 들고 학교로 가겠
다고, 빼앗긴 아이들과 분필을 되찾으러 가겠다고 다짐하
며 해직 기간을 견디어 냈다. 그래서 대추나무 같다는 것
이다. 대추나무 방망이나 대추나무 떡메처럼 작지만 야물
딱진 면을 지니고 있다는 것이다.

■맑은 사람 안도현

그러나 그것만으로 안도현 시인을 다 안다고 할 수 없다. 겉은 붉지만 속살은 은은하게 고운 게 대추다. 그러면서도 단맛과 향을 잃지 않는 게 대추다. 상처를 입으면 더 많이 열리는 게 대추다. 스스로 선택한 고난의 생활 속에서 삶으로 더 튼튼해지는 시를 썼지만 본래 자기의 심성을 잃지 않는 시인이 안도현이다. 치열하게 살면서도 화이부동(和而不同)하는 시인이다. 함께 하지만 나를 다 잃고 그냥 뒤섞여 버리는 시인이 아니라 자신의 타고난 본성을 지킬 줄 아는 시인이다. 같이 웃고 허허거릴 때면 참 속없는 사람 같지만 돌아서면 다시 제자리로 돌아가 있는 시인이다.

자신의 이름 앞에 붙는 수식어가 자신의 상상력 어딘가를 옥죄어 가두려 하면 거기서 다시 나와 자유로워지고자 애를 쓰는 시인이다. "좀더 가난해지고, 좀더 외로워지고, 좀더 높아지고, 좀더 쓸쓸해지기를" 소망하는 시인이다. 어쩌면 그래서 천상 타고난 시인인지도 모른다.

"비록 지쳤으나/승리하지 못했으나 그러나, 지지는 않았지" 그렇게 믿으며 다시 복직을 한 뒤에 산서고등학교에서 쓰는 그의 시가 바로 그랬다.

안도현 시인이 복직하고 난 뒤에 산서고등학교에서 쓰는 시를 보며 복직하지 못한 채 남아 하던 일을 계속하고 있어야 하는 나는 그가 무척 부러웠다. "메주 냄새가 나는 이불을 뒤집어 쓰고/사타구니 속에 두 손을 집어넣고 쪼글쪼글해진/그리하여 서늘하기도 한 불알을 한참을 주물러" 보며 여우 한 마리를 그려 보는 산골 생활이 몹시도 부러웠다. 그 삼 년 동안 "삶 가까이에 처음으로 산이 솟아 올랐고, 들이 펼쳐졌고, 개울이 소리내어 흘렀다"고 안 시인은 말했다. "오리나무와 칡꽃과 고추잠자리와 버들치, 그들이 내 깡마른 영혼의 스승이 되어 주었다"고 했다. 그런 말을 들으며 그때그때 나오는 시를 대하며 나도 나에게서 풀어져 나오고 싶었다.

안도현은 옛날보다 더 여유를 찾아 가고 있다. 몸 뒤척이는 언 겨울 강물 소리를 다시 듣고 있고 그의 실핏줄 안에까지 다시 흘러드는 강물소리를 듣고 있다. 그 강물 속에 "시냇물의 힘줄을 팽팽하게 당기며/송사리"들이 거슬러 오르게 하고 마침내 연어떼들이 바다까지 갔다가 돌아와 남대천 상류 물푸레나무 속에서 "나무를 타고 철버덩거리며 거슬러 오르는 소리"를 듣는다.

다시 물푸레나무잎이나 느릅나무잎에서 나는 풋풋한 냄새가 되살아난다. 그러나 혹시 팔목의 힘을 빼고 목소리를 낮추고 발자국 소리를 죽여 가며 발 닿는 대로 걸어 보는 그 걸음이 맑은 영혼을 되찾아 주고 있는 것은 알겠지만 너무 널럴해져 있는 것 같아 얄미울 때가 없는 건 아니다.

"연탄재 함부로 발로 차지 마라/너는/누구에게 한 번이라도 뜨거운 사람이었느냐" 이렇게 가혹하게 질타해 놓은 터라 함부로 제 시를 발로 찰 수 없게 만들어 놓고는 정작 저 자신은 뜨거운 몸을 서서히 식히려 드는 건 아닌지 그런 엉뚱한 기우 같은 것을 떠올리는 것도 요즘 너무 빈둥거리고 있는 건 아닌가 하는 생각 때문이다.

그러나 그렇게 빈둥거리며 시가 가자는 대로 가주고 있

는 것까지 다 합해서 안도현 시인을 이루고 있음을 우리는
안다. 어느 한순간만 안도현이 아니라 지금까지 살아온 매
시기시기가 다 안도현이었고 버릴 수 없는 그 모든 시기를
합한 것이 또한 안도현임을 우리는 알고 있다.

　그의 순한 얼굴이 떠오를 때면 문득문득 안도현에게 가
고 싶다. 그냥 가면 안도현을 만날 수 없을 테니까 '나도
맑은 사람이 되어' 안도현에게 가고 싶다. '금방 헹구어 낸
햇살이 되어' 안도현에게 가고 싶다.

생명의 그물과 같은 시

— 그의 시적 성취는 자신의 세계관을 주장하는 데서 오는 것이
아니며 그 세계관을 몸소 시로써 사는 데서 온다.

구 모 룡(문학평론가)

■안도현 시가 보여 주는 생명에 대한 천진난만함

안도현의 시를 말하기 위해 프리초프 카프라를 빌었다.
'생명의 그물'. 이 말 속에 안도현이 추구하는 세계가 고스
란히 담겨 있는 것 같았기 때문이다. 요즘 그는 '새로운 관
계'의 탐구에 몰두하고 있다. 즉 생명의 원리에 의해 상호
연결되는 관계를 찾고 있는 것이다. 이러한 관계는 궁극적
으로 생태적 공동체라고 할 수 있는 새로운 세계의 내적
원리가 된다.

생명과정들 상호간의 의존성은 생태적 관계의 본질이다.
그런데 인간과 자연을 생명의 그물로 이해하는 것은 굳이
카프라를 빌지 않아도 된다. 우리의 전통적 사유가 이와
다름없기 때문이다. 모든 관계를 무차별적으로 파편화시키
는 근대에 대한 환멸의 경험은 우리에게 이러한 전통으로
세계를 재구성할 것을 요구한다. 이제 전통은 근대에 대한

단순한 반립(反立)이 아닌 대안(代案)으로 다가오고 있는 것이다. 자연을 재문맥화하고 관계들을 재구성하는 일이 당위의 하나가 되었다. 이는 자본이 지배하는 '사회적 공장'에서 '새로운 자유의 공간'을 만드는 일과 유관한데, 시인이야말로 이러한 일에 가장 오래된 희망이 아닌가 한다. 안도현의 시가 보여 주는 생명에 대한 '천진난만'의 감각은 근대라는 거대한 무덤에서 새싹이 움트는 것처럼 느껴진다.

    남대천 상류 물푸레나무 속에는
    연어떼가 나무를 타고
    철버덩거리며 거슬러 오르는 소리가 들린다
    나무가 세차게 흔들리는 것은 바로 그 때문이다
    물푸레나무 가지 끝에 알을 낳으려고
    연어는 알을 낳은 뒤에 죽으려고
    죽은 뒤에는 이듬해 봄 물푸레나무 가지 끝에
    수천 개 연초록 이파리의 눈을 매달려고
    연어는 떼지어 나무를 타고 오른다
    나뭇가지가 강줄기를 빼 닮은 것도 바로 그 때문이다
                    ─〈강과 연어와 물푸레나무의 관계〉 전문

    이 시가 말하고자 하는 것은 생명의 상호의존적인 관계이다. '강과 연어와 물푸레나무'들은 생명의 그물로 연결되어 있다. 이들은 개별의 대상으로 그려질 수 없으며 생명의 과정을 함께한다. 즉 서로 제유적인 관계를 갖는다.

제유(synecdoche)가 내적 연관성에 바탕한 인식이라는 것은 말할 필요가 없을 것이다. 케네스 버크나 헤이든 화이트에 의하면 제유의 사유는 유기론(organology)으로 나타난다. 유기론은 개별성과 전일성의 상관관계라는 패러다임을 지니며 모든 존재가 유기적으로 연속되어 있다는 것을 원리로 삼는다. 안도현은 이 시를 통해 제유적 사유와 유기적 세계관을 제시하고 있는바, 이는 개인주의 혹은 주체중심주의에 바탕을 두고 있는 근대의 왜곡된 관계에 대한 우회적 비판이 된다.

우리에게 오래 전부터 전해져 오는 '대대(對待)'라는 말은 유기적 관계를 나타내는 데 적합하다. 이 말은 모든 것은 타자를 향해 마주서 있으나 그 또한 타자를 기다려서 비로소 존재한다는 의미를 지니고 있는데, 이는 관계가 생명의 그물에 다름없다는 것을 뜻한다고 볼 수 있다. 우리가 서구의 개인주의와 기계론적 세계관에 의해 공동체가 파괴되는 근대를 경험하였다면, 이를 극복하기 위해 동아시아적인 생명적 세계관을 재구성하는 일은 매우 시급한 일이라 할 수 있다. 적어도 안도현의 시가 이러한 문제의식을 시사하고 있다고 나는 생각한다.

■ 모든 관계를 생명의 관점에서 파악하는 시인

고래를 기다리며
나 장생포 바다에 있었지요
누군가 고래는 이제 돌아오지 않는다, 했지요

설혹 돌아온다고 해도 눈에는 보이지 않는다고요,
나는 서러워져서 방파제 끝에 앉아
바다만 바라보았지요
기다리는 것은 오지 않는다는 것을
알면서도 기다리고, 기다리다 지치는 게 삶이라고
알면서도 기다렸지요
고래를 기다리는 동안
해변의 젖꼭지를 빠는 파도를 보았지요
숨을 한 번 내쉴 때마다
어깨를 들썩이는 그 바다가 바로
한 마리 고래일지도 모른다고 생각했지요
　　　　　　　　　　　　　　─〈고래를 기다리며〉 전문

　이 시는 시인의 뛰어난 직관을 보인다. 그리고 이러한
직관의 배후에 제유적인 인식이 놓여 있음을 알기는 어렵
지 않다. 이 시에서 '바다'는 '화엄(華嚴)'과 다를 바 없
다. '전체가 하나 속으로 들어와 있고, 하나가 전체 속으로
투영되어 있다'는 '화엄'은 '바다'와 '고래'의 관계로 유비
(類比)된다. '오지 않는 고래'를, '보이지 않는 고래'를
'바다'를 통해 본다는 것은 상상의 비약으로 처리될 문제
가 아니다. 그보다 생명의 내적 연관성에 관한 인식의 문
제로 보아야 한다. 여기서 생명은 단순한 살아 있음이 아
니라 타자와의 교류를 통하여 존재하는 것, 만물의 상호
교류성을 표현한 것을 의미한다. 따라서 '바다'는 이미 '고
래'를 포함하고 있으며 '고래' 또한 '바다'에 의해 존재하

는 것이다.

이처럼 안도현은 삶을 분자화된 개별로 보지 않는다. 그는 한 개체뿐만 아니라 개체와 개체 사이의 유기적 관계를 전제한다. 모든 관계를 생명의 관점에서 보는 것이다. 이러한 관점을 동아시아적 사유를 잘 모르는 케네스 버크조차 '고상한 제유'라고 한 바 있다. 이는 가장 이상적인 제유로서 소우주와 대우주가 동일하다는 것이다. 그러나 우리의 근대 모방은 우리 속에 내재한 '고상한' 전통을 망각한다. 안도현의 시는 이러한 망각으로부터 우리를 일깨운다.

점심 먹을 때였네
누가 내 옆에 슬쩍, 와서 앉았네
할미꽃이었네
내가 내려다보니까
일제히 고개를 수그리네
나한테 말 한 번 걸어 보려 했다네
나, 햇볕 아래 앉아서 김밥을 씹었네
햇볕한테 들킨 게 무안해서
단무지도 우걱우걱 씹었네

—〈봄 소풍〉 전문

어떻게 보면 천진한 아이의 심상조차 느껴지는 시이다. 자연을 의인화한 것도 그렇고 시적 화자의 태도도 그러하다. 그러나 이러한 천진함은 아이의 심상이라기보다 자연에 대한 겸손에서 유래한다. 또한 할미꽃과 햇빛과 인간이 자연이라는 하나의 문맥 속에 있다는 인식과도 관련된다. 다시 말해서 이 시는 공진화(共進化)의 가치를 새삼 일깨우고 있는 것이다.

이 점은 의인관(擬人觀)의 기원을 통해서도 알 수 있다. 자연을 타자화하는 주체로서의 인간이라는 근대적 관점을 내포하기 이전에 의인관은 자연으로서의 인간을 의미하는 방식이었다. 안도현이 의인법을 자주 시쓰기에 활용하는 것도 자연의 일부로서의 인간이라는 문맥과 관련된다. 이러한 점에서 그의 의인법은 주체철학에 기초하여 자연을 인간에 동화시키는 여타의 의인법과 구분된다. 오히려 그는 이것을 자연과 인간의 유기적 관계를 드러내고 대등한 타자들로서 자연과 인간이 대화를 나누어야 한다는 점을 보이기 위한 수사학적 장치로 사용한다.

■보잘것없는 것과의 대화에서 발견하는 삶의 의미

모과나무는 한사코 서서 비를 맞는다
빗물이 어깨를 적시고 팔뚝을 적시고 아랫도리까지
번들거리며 흘러도 피할 생각도 하지 않고
비를 맞는다, 모과나무
저놈이 도대체 왜 저러나?
갈아입을 팬티도 없는 것이 무얼 믿고 저러나?
나는 처마 밑에서 비 그치기를 기다리고 있다가
모과나무, 그가 가늘다가는 가지 끝으로
푸른 모과 몇 개를 움켜쥐고 있는 것을 보았다

끝까지, 바로 그것, 그 푸른 것만 아니었다면

그도 벌써 처마 밑으로 뛰어들어왔을 것이다

―〈모과나무〉 전문

이 시는 발상에서 재미를 느끼게 한다. 이 시를 통하여 박덕규가 말한 '아이처럼 밝아지는 얼굴'과 대면하게 된다. 그런데 이러한 천진난만함의 감각이 지니는 의의는 무엇일까.

그것은 우리가 유년을 잊고 사는 것처럼 자연을 잃고 산다는 것을 깨우치는 효과가 아닌가 한다. 낯설게 하기의 효과를 굳이 들지 않더라도 언술의 천진성이 우리를 정화(淨化)하는 효력을 지녔음을 지적할 수 있을 것이다. 또한 이것은 발견의 화법으로 이어져 인간중심의 인식을 해체하기도 한다. 결구(結句)가 그러한바, 이는 아이의 천진한 눈이 더 많은 생명의 활력을 볼 수 있음을 시사한다. 그만큼 근대는 늙은 어른의 세계라는 것이다. 물론 근대 그 자체는 끊임없는 변화를 갈구하는 청년의 세계이다.

그러나 오늘날 우리는 그 청년의 패기가 인류의 재앙이 되고 있음을 안다. 안정을 모르는 청년으로서의 근대는 그러나 덧없음을 남긴다. 모든 것은 신속하게 사라진다. 그러나 유기적인 자연은 항상적인 생명력을 지닌다. 이는 처마 밑으로 뛰어들지 않는 〈모과나무〉로 비유되고 있다.

자연은 위계를 갖지 않는다. 위계를 만드는 것은 인간일 뿐, 자연은 그 모두가 저절로 자기 발생하는 하나의 생명의 과정에서 참여자로 상호작용한다. 유기적 세계관은 처음부터 평등의 관계를 그 내용으로 하고 있다. 안도현이 작고 보잘것없는 것과의 대화에서 삶의 많은 의미들을 발견하는 것은 이러한 유기적 세계관과 관련된다.

　그런데 눈은 왜 저렇게 크나?
　저 눈으로 바닷속을 다 둘러보았다면
　지금, 나 같은 것
　眼中에도 없으리

　　　　　　　　　　　　　　—〈제주 자리젓〉 중에서

　'제주 자리젓'을 먹으며 이러한 생각을 한다는 데서 우리는 안도현의 시적 개성을 매우 직절(直截)하게 만난다. 특유의 순진한 시선과 그 속에 깃들여 있는 의미의 심장(深長)이 함께 읽혀진다. 물론 이러한 개성의 이면에 제유의 사유와 유기적 세계관이 놓여 있음을 재론할 필요는 없을 것이다.

　무엇보다 중요한 것은 그의 사유와 세계관이 아니라 그가 보이는 구체적인 시적 담론이다. 그의 시적 성취는 자신의 세계관을 주장하는 데서 오는 것이 아니며 그 세계관을 몸소 시로써 사는 데서 온다. 그리고 이것은 그가 우리 삶을 새로운 관계로 재구성하는 데 실천적 관심을 갖고 있다는 사실과도 무관하지 않다. 생태적 공동체에 대한 그의 희망과 갈구는 비록 지금은 난폭하게 질주하는 근대의 소음 속에 묻힌다 하더라도 언젠가 하나의 대안적 흐름이 될 것이다.

제13회 소월시문학상 수상작품집

초판 1쇄 — 1998년 5월 4일
초판 11쇄 — 2012년 8월 10일

지은이 — 안도현 외
펴낸이 — 임홍빈
펴낸곳 — (주)문학사상
주 소 — 서울특별시 송파구 오금동 91번지(138-858)
등 록 — 1973년 3월 21일 제 1-137호

편집부 — 3401-8543~4
영업부 — 3401-8540~2
팩시밀리 — 3401-8741~2
홈페이지 — www.munsa.co.kr
E · 메일 — munsa@munsa.co.kr
지로계좌 — 3006111

ISBN 978-89-7012-288-5 03810

김승희 詩集 왼손을 위한 협주곡

아픔과 신령, 그리고 고통의 신바람이란 특유의 세계를 조화시켜 이루어 낸 미학과 시학
이 공수(神話)처럼 계시하는 인식의 세계가 이 한 권의 시집이다.

노향림 詩集 눈이 오지 않는 나라

감성을 절제한 개성을 통한 부재 의식과 사물들의 존재를 표현하고 있다. 살아 있다는
증거가 하나도 없는 삶 속에서도, 눈이 오지 않는 나라에 살고 있는 시인의 투명한 목소
리를 들을 수 있다.

오세영 詩集 가장 어두운 날 저녁에

詩는, 별이 있고 꽃이 있듯이 그저 있는 것이지만, 고단한 시대의 시인들은 꽃밭에 밀알
을 뿌릴 수도 있고, 별빛으로 독서를 할 수도 있다고 말하는 시인이 갈등의 심연에서 피
워 낸 화해의 꽃다발.

홍윤숙 詩集 태양의 건너 마을

허망한 삶에 의미를 부여하고자, 명징한 언어로 현실 세계가 가지고 있는 온갖 결핍에
대해 깊이 고뇌하여 승화시키는 시인의 삶의 지향이 잘 드러나 있는 시편.

원희석 詩集 물이 옷벗는 소리

물 혹은 물방울이라는 아주 함축된 상징 체계 속에서 고도의 뛰어난 상상력으로 따뜻한
집. 그리고 화해로운 삶의 질서를 꿈꾸는 서정적 힘이 있는 시편들.

박정만 詩集 서러운 땅

스스로 창조한 정형시로 새 전통을 창조하는 흙의 소리꾼인 시인은 60여 편의 시편들을
통해 아픈 육신과 정신을 어떤 보이지 않는 손으로 인도하고 있다.

강은교 詩集 바람 노래

삶과 세계 속에 감추어져 있는 허무의 진실을 끊임없이 탐구해 온 시인이, 시는 생의 한
가운데에 서서 허무와 절망들을 감싸 안고 그것을 깊이 있게 뛰어넘어야 한다고 외친다.

문충성 詩集 낙법으로 보는 세상

이 저주받은 땅에 저주받은 목숨을 끌고 다니다가 마침내 흙 속에 뼈를 묻게 될 날이 올
때까지 열심히 시를 쓸 수밖에 없는 칼 같은 시인의 시심을 엿본다.

김승희 詩集 달걀 속의 生

닫혀 있는 거대한 전천후 냉장고 속에서 자신들이 죽어 가고 있다는 사실조차 의식하지 못한 채 살고 있는 현대인들에게 이 시집은 일상의 편린들을 삶의 진리로 승화시키는 방법을 제시하고 있다.

정한모 詩集 原點에 서서

세월이 흐를수록 생명감에 대한 저해 요인이 늘어나기만 하는 현재의 생활에서 비자연화, 비인간화의 추세가 가속화할수록 생명에 대한 사랑과 원초적인 것에 대한 그리움과 갈망이 담긴 시편.

이사라 詩集 허브리인의 마을 앞에서

시인은 엽서와 통화, 그리고 편지 전보 등의 언어를 통해서 타인과의 교신, 잃어버린 자아의 이름을 찾기 위한 치열한 몸부림을 시라는 언어로 보여 주고 있다.

이성선 詩集 새벽 꽃 향기

자연으로 일컬어지는 우주적 질서에 대한 외경에서 출발하는 시인은 우주 속에서 시인이 자리한 일상의 세계를 만나게 하는, 자리의 설정을 보여 주고 있다.

정한숙 詩集 잠든 숲속을 걸으면

우리의 인생 체험에는 어떤 고답적인 구도나 사유 따위는 불필요한 것이며 다만 실제 살아온 이야기, 현실과 생활과 자신의 행동이 일치되어 나온 체험적 진실만이 필요한 것이라고 주장한다.

유안진 詩集 月令歌 쑥대머리

우리의 의식을 무겁게 짓누르고 흔들어대는 정보 산업 사회를 사는 현대인의 고뇌를 함께 앓고 함께 씻어 냄으로써 영혼의 정화를 돕고 있는 시편.

김완하 詩集 그리움 없인 저 별 내 가슴에 닿지 못한다

신서정의 가능성을 열어 가고 있는 시인. 그의 시에는 요즈음 일부 젊은 시인들의 시에 보이는 현학성과 취미, 수다스러움이 없다.

장 욱 詩集 사랑엔 피해자뿐 가해자는 없다

오늘날과 같은 기계문명의 시대, 환경파괴의 시대에 생명력과 인간회복을 갈망함으로써 삶의 온전성 또는 총체성을 획득하려는 성격을 지니는 시.

강희안 詩集 지나간 슬픔이 강물이라면

경박하고 천덕스러운 말장난이 신세대 감성의 혁명으로 일컬어지는 때에 어떤 시류에도 휩쓸리지 않고 진지한 자세로 노래하는 모습이 가히 믿음직스럽다.